U0922883

散文

著名中学师生推荐书系

清塘荷韵

季羡林／原著　毕伟玉 阮凯丰／编注

中国出版集团
東方出版中心

编注者说

张曼菱在《北大回忆》一书中,提及社会和人们给季羡林瞎起称号的现象。文章写道:

> "什么'一代宗师',好像听着不入耳。"先生这样反应。
>
> 问他:"如果给您下一个定义,应该是什么?"
>
> 他说:"我是北大教授,东方学者。足够了。"
>
> 他还说:"对一个人,要给他名副其实的定义,他自己心安理得。如果不名副其实,他自己也吃睡不安。好多事情不是这么出来的。什么是'国学大师'? 先得把'国学'这概念搞清楚。"

对于一个走过近百年的人来说,"纵浪大化中",早已不喜不惧,更何况"国学大师""学界泰斗"这些蜗角虚名、蝇头小利呢。

季羡林就是这样一个淡泊名利、平凡朴实的人。放进人群中,他就是邻舍的一普通老头儿,至今还流传着他在校园里被北京大学新生拉住看行李的段子。而质朴这一点,也是公认的。北大教授谢冕说季羡林:"这是一位非常本色的人,一切的虚华对他来说都是多余。尽管他博古通今,学富五车,是当代文学界享有盛誉,受到普遍景仰的大学者,却始终保持北方原野那份质朴和单纯。"

季羡林这一代人还是创造了奇迹的人。他们这代人因为特殊的政治原因,浪费了十年、二十年甚至更长的时间。所以当他们垂垂老矣而有时间去读书写作做学问时,他们如饥似渴、勤勤恳恳。季羡林大量的文章、更多的著作都是在七十岁之后完成的。八十岁时,更是完成了皇皇二十七卷的《季羡林全集》,“岁老根弥壮,阳骄叶更阴”。因着时间的宝贵,季羡林对无谓的应酬显得颇为无奈和郁闷。张曼菱写道:“由于校园反复动荡,先生直到七十岁后才有了‘坐冷板凳’的权利。每天他黎明即起,万籁寂静中,在灯下写作迎接早晨。还在朗润园家中时,有时一天不断地来人,这样持续着,到了晚上他就会生闷气,一句话也不说,因为他没有了‘坐冷板凳’的时间。”这也就不难理解,为什么季羡林会在《悼念沈从文先生》一文中写下如下文字:“我有一个很大的缺点(优点?),我不喜欢拜访人。有很多可尊敬的师友,比如我的老师朱光潜先生、董秋芳先生等等,我对他们非常敬佩,但在他们健在时,我很少去拜访。对沈先生也一样。偶尔在什么会上,甚至在公共汽车上相遇,我感到非常亲切,他好像也有同样的感情。”他特别羡慕二月兰那种不受干扰的自然状态:“宅旁,篱下,林中,山头,土坡,湖边,只要有空隙的地方,都是一团紫气,间以白雾,小花开得淋漓尽致,气势非凡,紫气直冲云霄,连宇宙都仿佛变成紫色的了。”

平凡做事,清静为人,能坐冷板凳,“纵浪大化中,不喜亦不惧”,这是季羡林给我们的人生启示。

但季羡林同时又是著名学者,有着深厚的学术造诣。他常常从中外文学中汲取营养,但又不卖弄渊博的学问,不强作才子姿态,口吐莲花满纸锦绣,而是读其文,见其人,保持着本色写作。平凡质朴的人格,渊博深厚的学问,使得季羡林在散文写作中形成了平淡、闲适、儒雅、精致的语言文风,并以此传达自己的精神人格。

如《富春江上》一文,“远看桐庐,渔火点点,船行其境,有‘人行明镜中,鸟度屏风里’的诗情画意,自有一番怡然之情。‘两岸画山相对出,一脉秀水迤逦来。’桐君山只是那么一个庞然黑影,有如老僧入定,不乏几许神秘色彩。因此,清末梁启超称之为‘峨眉一角’,而康有为则誉之为‘峨眉诸峰不及此奇’。回看七里泷中,山高月小。此时,风也止了,只听到‘轰……’的轮船马达声。忽然我体会到这是静美的境界。境与情遇,心随物转,有时物我两忘,这才体会到‘天地之悠悠’,不禁‘怆然而泪下’的”。语言质朴而不失典雅,熔铸古典诗文梅花间竹,在自然中观照精神境界,正是季羡林散文写作的一贯风格。

季羡林的散文写作贯穿其大半生的时间,数量可观。有人将其散文归入学者散文。余光中说学者散文“包括抒情小品、幽默小品、游记、传记、序文、书评、论文等,尤以融合情趣、智慧和学问的文章为主。它反映了一个文化背景深厚的心灵,往往令读者心旷神怡,既美且敬”。读季羡林散文的确可以见出上述学者散文的特征。但终其一生,我们看到季羡林似乎又只是一个文学爱好者,一个业余作者。

季羡林的散文没有工匠气,随性而谈,不太讲究章法结构,也不太注意字词句的雕琢,把自己想说的说出来了,就算完成了任务。正如他自己所说:“我追求的风格是淳朴恬淡,本色自然,外表平易,秀色内涵,形式似散,经营惨淡。”这种风格的过度追求,甚至导致他的散文有时像流水账,太平淡,没有波澜起伏,缺乏石破天惊的艺术美感。

纵观季羡林的散文,有两个显著的特点。

一是取材广泛但又平实普通。

季羡林写散文取材多样,山水自然,一草一木,为人处世,亲人故旧,皆行诸笔端。然其尤擅长从描写身边琐事着手,加工润饰人们习以为常的平凡事物,将其融会于心中,抒写于笔下。在季羡林笔下,身边的一山一石,一草一木,一人一事,都焕发光彩,增添情趣,成为他表达情感抒发哲思的载体。尤其很多散文是其晚年所作,颇有袁枚“凡此琐琐,虽为陈迹,然我一日未死,则一日不能忘。旧事填膺,思之凄梗,如影历历,逼取便逝”之意。

季羡林散文题材多样琐碎,但却能小中见大,于琐碎中见精神,于平凡中见伟大。

比如写游记。季羡林思路纵横捭阖,更多地让我们徜徉在思想的“美丽”中。每到一处,我们总能看到作者对古典诗文、神话传说、历史掌故信手拈来,巧妙有效地穿插在游览中,使得景观在“美丽”的基础上更

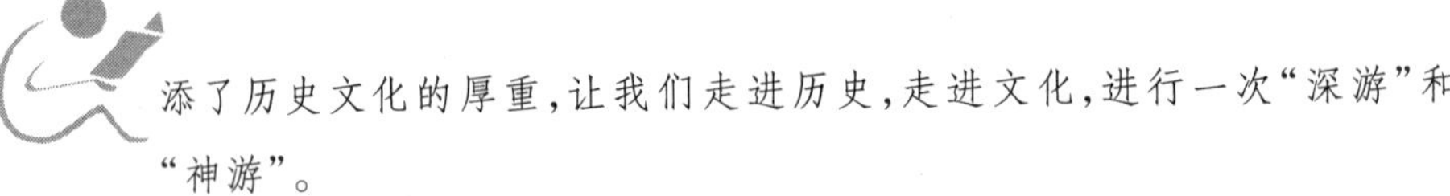

添了历史文化的厚重，让我们走进历史，走进文化，进行一次“深游”和“神游”。

比如写自然草木。季羡林于自然草木便有诸多“会心”，诸多遐想。他感慨荷花旺盛的生命力，同情幽径中紫藤的悲剧，面对二月兰喟叹人生物是人非，看到槐花思考生活中人们的习焉不察。这是一种对自然万物的一往情深。

比如写为人处世。季羡林先生是学界泰斗，是蔼然长者，其人生阅历、学界智识均超出常人。借鉴他的人生经验，和这样的一位长者谈心，一定会使我们受益匪浅。在和季老的人生漫谈中，他以九十的高龄向我们倾谈他的人生智慧，他教我们如何为人处世，如何面对时间、爱情、毁誉、压力，他教我们怎样成功，懂得容忍和三思，他告诉我们人生是不完满的人生，要能知足知不足、有为有不为。

比如写故旧亲人。季羡林回忆母亲，怀念王妈，思念故乡，甚至对逝去的一草一木都充满感情。他更是在笔下倾注对鲁迅、胡适、老舍、沈从文、梁实秋这些师友最深沉的怀念。忆及往事，我们似乎对这些或平凡或伟大的人物有了更深一层地了解，从而使得那些人、那些事仿佛成为我们血液中的一部分，促成我们精神的成长。

二是散文中的博爱慈悲一往情深。

季羡林的文章缺少棒喝顿悟的机锋，也没有惊世骇俗的警句，略输文采，稍逊风骚。作为一个长期坐冷板凳的人，季羡林并不想借文章匡时济世，他的生活平静如水，纯净如水，所以他的文章也平白如水。然而平白朴素中，有对造化的感恩，对弱小的怜悯，对悲苦的达观，博爱慈悲一往情深。

《世说新语》载简文帝入华林园，顾谓左右曰：“会心处不必在远，翳然林水，便自有濠濮间想也。觉鸟兽禽鱼自来亲人。”季羡林观照自然，体验人生，每每生出会心、流露真情。季羡林自己也说散文的精髓在于真情，故而说真话、抒真情是季羡林散文最突出的特点。在他的散文里，对动物、花草树木、人物、生活充满了感情，季羡林与他们同悲同喜，同苦同乐。

在《幽径悲剧》一文中，季羡林同情一株无端被砍伐的古藤。他写道："我隐隐约约听到古藤的哭泣声，细如蚊蝇，却依稀可辨。它在控诉无端被人杀害。它在这里已经呆了二三百年，同它所依附的大树一向和睦相处。它虽阅尽人间沧桑，却从无害人之意。每到春天，就以自己的花朵为人间增添美丽。焉知一旦毁于愚氓之手。它感到万分委屈，又投诉无门。它的灵魂死守在这里。每到月白风清之夜，它会走出来显圣的。"这种字里行间渗透的不是矫情，而是天地间的大爱真情。

在《回忆梁实秋》一文中，季羡林开篇说："我认识梁实秋先生，同他来往，前后也不过两三年，时间是很短的。但是，他留给我的回忆却是很长很长的。分别之后，到现在已经40年了。我仍然时常想到他。"平实朴素的话语中情深意切。文章最后写道："我的这一篇短文，他当然无法看到了。但是，我仿佛觉得，而且痴情希望，他能看到。四十年音问未通，这是仅有的一次也是最后一次通音问了。悲夫！"师友的天各一方让季羡林悲伤，这种悲伤痛彻心扉；字里行间包含的悲悯情怀，深入肺腑。

对于季羡林的散文，著名文化学者钟敬文如此评价："浮花浪蕊岂真芳，语朴情醇是正行。我爱先生文品好，如同野老话家常。"

目 录

第三单元　人生漫谈

第四单元　怀 乡 思 旧

山水漫步

在古人那里，自然山水不仅仅是审美观照的对象，也是触发情思、引发思考的载体。王安石在《游褒禅山记》中说："古人之观于天地、山川、草木、鱼虫，往往有得，以其求思之深而无不在也。"

本单元中，季羡林先生的几篇游记继承了传统游记的特点，但又不落窠臼，有所创新。一方面，作者用文字带领我们纵览祖国大好河山；但另一方面，作者思路自如开合，更多地让我们徜徉在思想的"美丽"中。每到一处，我们总能看到作者对古典诗文、神话传说、历史掌故信手拈来，巧妙有效地穿插在游览中，使得景观在"美丽"的基础上更添了历史文化的厚重，让我们走进历史，走进文化，进行一次"深游"和"神游"。

登蓬莱阁

去年，也是在现在这样的深秋时分，我曾来登过一次蓬莱阁。当时颇想写点什么，只是由于印象不深，自己也仿佛没有进入"角色"，遂致因循拖延，终于什么也没有写。现在我又来登蓬莱阁了，印象当然比去年深刻得多，自己也好像进入了"角色"，看来非写点什么不行了。

蓬莱阁，山东蓬莱城北，与黄鹤楼、岳阳楼、滕王阁齐名。

首段在对比中突出"又来登蓬莱阁"印象深刻，需要用文字记录自己的思考。

蓬莱阁是非常出名的地方，也可以说是"蓬莱大名垂宇宙"吧。我在来到这里以前，大概是受蓬莱三山传说的影响，总幻想这里应该是仙山缥缈，白云缭绕，仙人宫阙隐现云中，是洞天福地，蓬莱仙境，不食人间烟火。至少应该像《西游记》描绘镇元大仙的万寿山那样：

蓬莱三山：指瀛洲，传说中的东海仙山；方丈，道教传说海上神山名，为仙人所居；蓬莱，传说中的神山名，亦常泛指仙境。

> 高山峻极，大势峥嵘。根接昆仑脉，顶摩霄汉中。白鹤每来栖桧柏，玄猿时复挂藤萝……麋鹿从花出，青鸾对日鸣。乃是仙山真福地，蓬莱阆苑只如此。

然而，眼前看到的却不是这种情况。只不过是一些人间的建筑，错综地排列在一个小山头上。我颇有一些失望之感了。

神话传说和幻想中的蓬莱山与眼前的景象形成反差，形成文思上的一个转折。

既然是在人间，当然只能看到人间的建筑。从

这个标准来看，蓬莱阁的建筑还是挺不错的：碧瓦红墙，崇楼峻阁，掩映于绿树丛中。这情景也许同我们凡人更接近，比缥缈的仙境更令人赏心悦目。一进入嵌着“丹崖仙境”四个大字的山门，就算是进入了仙境。所谓“丹崖”，指的是此地多红石，现在还有四大块红石耸立在一个院子里面。这几块石头不是从别的地方搬来的，而是与大地紧紧地连在一起，原来是大地的一部分，其名贵也许就在这里吧。

此段重点写唐槐。作者感慨系之，乃是因为面对唐槐发思古之幽情，物是人非，沧海桑田，能不感慨吗？

进入天后宫的那一层院子，最引人注目的还不是天后的塑像和她那两间精致的绣房中的床铺，而是那一株古老的唐槐。这一棵树据说是铁拐李种下的，它在这仙境里生活了已经一千多年了，虽然还没有“霜皮溜雨四十围，黛色参天二千尺”；但是老态龙钟，却又枝叶葱茏，浑身仙风道骨，颇有一点非凡的气概了。我想，一看到这样一棵古树，谁也会引起一些遐思：它目睹过多少朝代的更替，多少风流人物的兴亡，多少度沧海桑田，多少次人事变幻，到现在依然青春永葆，枝干挺秀。如果树也有感想的话，难道它不应该大大地感喟一番吗？我自己却真是感慨系之，大有流连徘徊不忍离去之意了。

此段写天后宫，但作者对天后着墨不多，更多是思考渔民为何祭祀天后，背后包含着民众无尽的血泪悲剧，体现着作者的悲悯情怀。

回头登上台阶，就是天后宫正殿。正中塑着天后的像，俨然端坐在上面。天后是海神。此地近海，渔民天天同海打交道；大海是神秘难测的，它有波平浪静的一面，但也有波涛汹涌的一面。自古以来，不知道有多少渔民葬身波涛之中。他们迫不得已，只好乞灵于神道，于是就出现了天后。我们南海一带都祭祀天后。在这个端庄美丽的女神后边，不知道包含着多少血泪悲剧啊！在我上面提到的左右两间绣房中，床上的被褥都非常光鲜美丽。据说，天后有一个习惯：她轮流在两间屋子里睡觉。为什么这样？其中定有道理。但这是神仙们的事，我辈凡夫俗子还是以少打听为妙，还是欣赏眼前的景色吧！

到了最后一层院子，才真正到了蓬莱阁。阁并不高，只有两层。过去有诗人咏道“登上蓬莱阁，伸手把天摸”，显然是有点夸张。但是，一登上二楼，举目北望，海天渺茫，自己也仿佛凌虚御空，相信伸手就能摸到天，觉得这两句诗决非夸张了。谁到这里都会想到蓬莱三山的传说，也会想到刻在一个院子里两边房墙上的四句话：

登上蓬莱阁
人间第一楼
云山千里目
海岛四时秋

现在不正是这样子吗？我自己也真感觉到，三山就在眼前，自己身上竟飘飘有些仙气了。

多少年来就传说，八仙过海正是从这里出发的。阁上有八仙的画像，各自手中拿着法宝，各显神通，越过大海。八仙中最引人注目的当然是吕洞宾。提起此仙，大大有名。全国许多地方都有关于他的神话传说。据说，吕洞宾并不姓吕。有一天，他同妻子到山洞里去逃难，这两口子住在洞中，相敬如宾，于是他就姓了吕，而名洞宾。这个故事很有趣，但也很离奇，颇难置信。可是，我觉得，这同天后的床铺一样，是神仙们的私事，我辈凡夫俗子还是以少谈为

此句呼应着上文，第二次重复出现。作者的意思大概是，神话传说的出现自然有它的道理，但毕竟是神话传说，不可尽信，更不可执迷于此。

妙，且去欣赏眼前的景色吧！

眼前景色是美丽而有趣的。我们在楼上欣赏窗外的景色。楼中间围着桌子摆了许多把古色古香的椅子，正中一把太师椅，据说是吕洞宾坐过的；谁要坐上，谁就长生不老。我们中吕叔湘先生年高德劭，又适姓吕，于是就被大家推举坐上这一把太师椅，大家哄然大笑。我们虔心祷祝吕先生真能长生不老！

吕叔湘（1904—1998），江苏镇江丹阳人。语言学家、教育家。

在这楼上，人人看八仙，人人说八仙，人人听八仙，人人不信八仙，八仙确实是太渺茫无稽了。但是，从这里能看到海市蜃楼却是真实的。我从前从许多书上，从许多人的嘴里读到、听到过海市的情景，心向往之久矣。只是海市极难看到。宋朝的大文学家苏轼，曾在登州做过五天的知府。他写过一首诗，叫做《登州海市》，还有一篇短短的序言，我现在抄一下：

予闻登州海市旧矣。父老云："尝出于春夏，今岁晚不复见矣。"予到官五日而去，以不见为恨，祷于海神广德王之庙，明日见焉，乃作此诗。

东方云海空复空，群仙出没空明中。
荡摇浮世生万象，岂有贝阙藏珠宫？
心知所见皆幻影，敢以耳目烦神工。
岁寒水冷天地闭，为我起蛰鞭鱼龙。
重楼翠阜出霜晓，异事惊倒百岁翁。
人间所得容力取，世外无物谁为雄。
率然有请不我拒，信我人厄非天穷。
潮阳太守南迁归，喜见石廪堆祝融。
自言正直动山鬼，岂知造物哀龙钟。
伸眉一笑岂易得，神之报汝亦已丰。

斜阳万里孤鸟没，但见碧海磨青铜。
新诗绮语亦安用，相与变灭随东风。

在这里，苏东坡自己说，祷祝成功，海市出现。但是，给我们导游的那个小姑娘却说，苏轼大概没有看到海市；因为他呆的时间很短，而且是岁暮天寒之际。究竟相信谁的话呢？我有点怀疑，苏轼是故弄玄虚，英雄欺人。他可能是受了韩愈祝祷衡山的影响："潜心默祷若有应，岂非正直能感通，须臾静扫众峰出，仰见突兀撑青空。"他的遭遇同韩文公差不多，他们俩都认为自己是"正直"的。韩文公能祝祷成功（实际上也未必），为什么自己就不行呢？于是就写了这样一首诗，写得有鼻子有眼，仿佛亲眼看到一般。但是，这只是我个人的怀疑。又焉知苏轼的祝祷不会适与天变偶合、海市在不应该出现的时候出现了呢？我实在说不清楚。古人的事情今人实在难以判断啊！反正登州人民并不关心这一切，尽管苏轼只在这里呆了五天，他们还是在蓬莱阁上给他立庙塑像，把他的书法刻在石头上，以垂永久。苏轼在天有灵，当然会感到快慰吧。

韩愈（768—824），河南河阳（今河南孟州）人，祖籍郡望昌黎郡（今河北昌黎县），世称韩昌黎；卒谥文，世称韩文公。唐代文学家，唐宋八大家之一。

从神话到海市蜃楼，从八仙到苏轼，作者思路开阔，旁征博引。但更重要的是，作者始终保持着自我的怀疑和独到的思考，这是一种难得的精神。

我们游遍了蓬莱阁，抚今追昔，幻想迷离。八仙的传说，渺矣，茫矣。海市蜃楼又急切不能看到，我心里感到无名的空虚。在我内心的深处，我还是执着地希望，在蓬莱阁附近的某一个海中真有那么一个蓬莱三山。谁都知道，在大自然中确实没有三山的地位。但是，在我的想象中，我宁愿给蓬莱三山留下一个位置。"山在虚无缥缈间"，就让这三山同海市蜃楼一样，在虚无缥缈间永远存在下去吧，至少在我的心中。

作者空虚，是因为三山八仙的传说本就是虚无缥缈的。但作者又愿意给三山留下一个位置，那是因为三山八仙已经成为我们文化的一部分，它必然永久地留存在每一个登览蓬莱阁的人的心中。

登黄山记

早就听人说过:“五岳归来不看山,黄山归来不看岳。”又经常遇到去过黄山的人讲述那里的奇景,还看到画家画的黄山,摄影家摄的黄山,黄山在我的心中就占了一个地位。我也曾根据那些绘画和摄影,再搀上点传闻,给自己描绘了一幅黄山图,挂在我的心头。我带着这样一幅黄山图曾周游国内,颇看了一些名山大川。五岳之尊的泰山,我曾凌绝顶,观日出。在国外,我也颇游览了一些国家,徜徉于日内瓦的莱蒙湖畔,攀登了雪线以上的阿尔卑斯山,尽管下面烈日炎炎,顶上却永远积雪皑皑。所有这一切都是永世难忘的。但是我心中的那一幅黄山图,尽管随着游览的深广而多少有所修正,但毕竟还是非常美的,非常迷人的。

作者心中始终有一幅自己想象中的黄山图。

今天我就带着我心中的那一幅黄山图,到真正的黄山来了。

汽车从泾县驶出,直奔黄山。一路上,汽车蜿蜒绕行于万山丛中,我的幻想也跟着蜿蜒起来,眼前是千山万岭,绵延不绝;但是山峰的形象从远处看上去都差不多,远处出现了一座耸入晴空的高峰,“那就是黄山了吧!”我心里想。但是一转眼,另一座更高的山峰呈现在我的眼前,我只好打消了刚才的想法。如此周而复始,不知循环了多少遍。还有一个问题一直萦回在我的脑际：在这千山万岭中，是谁首先发现黄山这个天造地设的人间仙境呢？是否还有另一座更美的什么山没有被发现呢？我的幻想一下子又扯到徐霞客身上。今天我们乘坐汽车来到这里，还感到有些疲惫不堪。当年徐霞客是怎样来的呢？他只能自己背着行李，至多雇上个农民替他背着，自己手执藤杖，风餐露宿，踽踽独行于崇山峻岭中，夜里靠松明引路，在虎狼的嗥叫声中，慢慢地爬上去。对比起来。我们今天确实是幸福多了……

就这样，汽车一边飞快地行驶，我一边飞快地幻想。我心里思潮腾涌，绵绵不断，就像那车窗外的绵延的万山一样。

未入黄山，作者已经思绪万千。

汽车终于来到了黄山大门外。

一走进黄山大门，天都峰就像一团无限巨大的黑色云层，黑呼呼地像泰山压顶一般对着我的头顶压了下来，好像就要倒在我的头上。我一愣：这哪里是我心中的那个黄山呢？然而这毕竟是真实的黄山。我几十年蕴藏在心中的那一幅黄山图一下子烟消云散了，我心中怅然若有所失。但是我并不惋惜，应该消逝的让它消逝吧！我现在已经来到了真实的黄山。

心目中的黄山图消失了，真实的黄山图展开了。作者虽然若有所失，但更有期待。至此，完成文思上的一个转折。

从此以后，真实的黄山就像古代的画卷一样，一幅一幅地、慢慢地展现在我的眼前。

出宾馆右行，经疗养院右转进山。山势一下子就陡了起来。我曾经听别人说过，从什么地方到什么地方是多少多少华里；在导游书上，我也看到了这样的记载，我原以为几华里、几华里都是在平面上的，因此我对黄山就有了一些不正确的理解。现在，

接触了实际,才知道这基本上是按立体计算的。在这里走上一华里,同平地上不大一样,费的劲儿要大得多。就是向上走上一尺,也要费上一点力气。没有别的办法,只好喘气流汗了。我低头看着脚下的台阶,右手使劲地拄着竹杖,一步一步向上爬行。我眼睛里看到的只是台阶,台阶,台阶。有时候,我心里还数着台阶的数目。爬呀,数呀,数呀,爬呀,以为已经很高了。但是抬眼一看,更高、更陡、更多的台阶还在前面哩。想当年登泰山的时候,那里还有一个“快活三里”。这里却连一个快活三步都没有。但是,既来之,则安之,爬就是一切。

描摹爬山之难。

我到黄山来,当然并不是专为来走路的。我还是要看一看的。但是,在黄山,想看也并不容易。有经验的人说:“走路不看山,看山不走路。”这确实是至理名言。这有点像鱼与熊掌的关系,不可得而兼之。谁要想“兼之”,那就有失足坠下万丈深涧的危险。我只在爬到了一定的阶段时,才停下脚步,小心地抬头向身后和左右看上一看,但见峭壁千仞,高岭入云,幽篁参天,苍松夹道,鸟鸣相和,蝉声四起。而且每看一次,眼前的情景都不一样,扑朔迷离,变幻万端。就连同一个地方,从不同的角度看,都能看出不同的形象。从慈光阁看朱砂峰,看到天都峰上的金鸡叫天门。但是登上龙蟠坡,再抬头一看,金鸡叫天门就变成了五老上天都,在什么地方才能看到黄山真面目呢?我想,在什么地方也是看不到的。我很想改一改苏东坡的诗:“横看成岭侧成峰,远近高低各不同。不识黄山真面目,即使身在此山中。”

我有时候也有新的发现,我简直觉得其中闪现着“天才的火花”,解人难得,我只有自己拍手(这里没有案)叫绝。比如,我看远山上的竹石树木,最初只觉得一片蓊郁。但细看却又有明暗之别。有的浓绿,有的淡绿。经过我再三研究揣摩,我才发现,明的是竹,暗的是松,所谓“苍松翠竹”,大概指的就是这个意思吧。我又想改陆游的两句诗:“山穷水复疑无路,松暗竹明又一山。”

解人:原指通达语言或文辞意趣的人。借指知己。

一想到陆游,我又想到了徐霞客。我们且看看他们登上慈光寺以后是怎样看黄山的:“由此而入。绝巘危崖,尽皆怪松悬结,高者不盈丈,低仅数寸,平顶短鬣,盘根虬干,愈短愈老,愈小愈奇。不意奇山中又有此奇品也。”他看到了奇山,又看到了奇松。他看到的山同我们今天看到的几乎完全一样,这毫无可怪之处。但是他看到的松,有多少是我们今天还能看到的呢?“愈短愈老,愈小愈奇”,难道在这几百年的漫长时间内,它们就一点也没有长吗?就是起徐霞客于地下,我这样的问题恐怕也无法回答了。

我就是这样一边爬,一边看,一边改着古人的诗,一边想到徐霞客,手、脚、眼、耳、心,无不在紧张地活动着,好不容易才爬到了天都峰脚下。这是一个关键的地方。向右一拐,走不多远,就可以登上台阶,向着天都峰爬上去。天都峰是黄山的主峰。不到天都非好汉,何况那天险鲫鱼背我已经久仰大名,现在站在天都峰下,一抬头就可以看到,上面有蚂蚁似的人影在晃动,真是有说不出的诱惑力啊!但是一看到那一条直上直下的登山盘道,像一根白而粗的线绳一样悬在那里,要爬上去还真需要有一把子力气呢。我知道,倘若给我半天的时间,登上去也是

爬山固是累人,但是作者却能一边爬,一边修改着古人的诗句来映衬黄山的景致,倒也使得爬山意兴盎然,也只有作者这样学识丰富的人才有这样的爬山之趣。

没问题的。可惜现在早已经过了中午，到我们今天住宿的地方玉屏楼还有一段路要走。我再三斟酌，只好丢掉登天都峰的念头，这好汉看来当不成了。我一步三回头地向左一拐，拾级而上一直爬到了一线天的门口。这时我们坐了下来，背对一线天口，脸朝前望，可以看到近在咫尺的蓬莱三岛。所谓蓬莱三岛只是三个石笋似的小山峰，上面长着几棵松树。下面是一片深不见底的山谷。据说，白云弥漫时，衬着下面的云海，它们确确实实像蓬莱三岛。但现在却是赤日当空，万里无云，我只能用想象力来弥补天公的不作美了。

一线天真正是名副其实。在两个峭壁中，只存一条缝隙，仅容人体，抬眼一看，只见高处露出一线光明，上面是蓝蓝的天。这一团光明就召唤着我们，奋勇前进，我们也就真地一个个精神抖擞，鼓足了余勇，爬了上去。低头从我们两条腿中间向后看去，还可以看到悬挂在天都峰上的那一条白练似的蹬道。

过了一线天，再向右一拐就走上了玉屏楼，这里是从温泉到北海去的必由之路。一般人都是在这里过夜的。徐霞客时代，这里叫玉屏风，他在《游记》里写道："四顾奇峰错列，众壑纵横，真黄山绝胜处。"可见徐霞客对此处评价之高。原来这里有一座庙，叫做文殊院，古人曾说过："不到文殊院，没见黄山面。"这同徐霞客的意见是一致的。

这里有什么特点呢？这里是万山丛中一块比较平坦的地方，好像天造地设，一个理想的中途休息的地方。一转过山角，就能看到峭壁上长着一棵松树。提起此松，真是大大地有名。全中国人民和全世界人民大概都经常能看到它的形象。挂在人民大会堂里的那一幅叫做“迎客松”的照片,就是它。这棵松树的大名就叫做“迎客松”。许多来访的外国领导人,以及名人、学者会见中国领导人时,就在那个照片下面照相。你看它伸出双臂,其实是不知道多少臂,仿佛想同来游的人们握手、拥抱,它那青翠的枝头仿佛能说出欢迎的语言,它仿佛就是黄山好客的象征,不,它实际上成了中国人民好客的象征。你若问它的高寿,那就很难说。它干并不粗,也不特别高,看样子它至多也不过几十年至百年,然而据人说,它挺立在这里已经有一千多年的历史了。这里山高风劲,夏有酷暑,冬有寒冰,然而它却至今巍然屹立,俊秀挺拔,苍翠欲滴,枝头笼烟,仿佛正当妙龄青春。我在这里祝它长寿!

简练的文字描绘迎客松的精神,祝它长寿,也是希望黄山乃至中国始终保持好客的传统。

至于玉屏楼本身,可看的东西并不多。只是因为此地处万山之中,抬眼四顾,前有大谷深壑,下临无地。上面有参天云峰,耸然并立。同前一段的地无三尺平的情况比较起来,当然显得空阔辽廓,快人心目。当白云弥漫时,云海苍茫,必然另有一番景色。可惜我们没有这个福气,只看到了一片干涸了的大海。在玉屏楼的右边,就是那一棵在名声上稍逊一筹的送客松。它也像迎客松一样,伸出了它那许多胳臂,好像向游客告别,祝他们身强体健,过一些时候再来黄山。我也祝它长寿!

我们就是在住宿一夜之后,怀着还要再回来的心情走过这一棵松树向黄山深处前进的。一走过送客松,山路就好像一反昨天上山时的规律,陡然下降。下降,下降,再下降,一直降到涧底。这一段路

用写文章的“起承转合”来形容爬山赏景的过程，也只有季老先生这样的人想得出！

走起来非常舒服，似乎还要超过泰山的“快活三里”。我们虽低头走路，仍可以抬头望山。走过望客松，蒲团松，右边可以看到指路石，回头则见牛鼻峰上的犀牛望月。下到深涧涧底以后，一泓清泉，就在道旁，清澈见底，冷冽可饮。拿作文章来比，我们走这一段山路，好像是在作“承”的那一段，“起”得突兀，“承”得和缓，我们过了一段舒服的时光。

发憷，同“发怵”，害怕、畏缩。

但是，再拿作文章来比“承”过以后，就来了“转”，这一“转”，可真不得了。到了涧底，抬眼一看，前面是八百级的莲花沟。这八百级仿佛是直上直下，令人看了真有点发憷。实际上，往上攀登的时候，比在下面仰望时更令人感到可怕。我们面前好像只有这一条窄窄的石阶，只能向上，不能回转，“马行在夹道内，难以回马”，不管流多少汗，喘多少气，到此也只有奋勇攀登，再没有回旋的余地了。

皇天不负有心人。爬上了八百石阶，一转就到了莲花峰脚下，这一座莲花峰也是黄山主峰之一。从它的脚下上山好像比从天都峰脚下攀登天都峰要容易得多，只需往右一转，爬上几个台阶就可以达到峰顶。然而，正唯其觉得容易，也就失掉了吸引力。同时，我们今天的目标是到北海，我于是只在莲花峰下少坐片刻。抬头看到不远的峰顶上游人多如过江之鲫，然后左转走上前去。要说到黄山的险境，仿佛现在才算是开始。身右峭壁凌空，左边却是悬崖无地。山路是整修过的，在最危险的地方加了石头栏杆或铁链。但栏外就是危险境地，好像泰山上的阴阳界一样。走在这样的地方，连昨天奉行的“看山不走路，走路不看山”的箴言都无法奉行，只有一心一意埋头苦走而已。这里就是鼎鼎大名的百步云梯，真可以说是名不虚传。但是，大自然最憎恨的是单调，它决不会让百步云梯成为千步云梯、万步云梯。过了百步云梯，又是一段比较平直的山路。此时我仿佛已经过了险关，大有闲情逸致，观赏山景。蓦抬头，在远处的山崖上，忽然看到"万绿丛中一点红"。此时正是盛夏，早过了春暖花开的时节。这一点红是哪里来的呢？我无法攀上悬崖去看，无从探索与研究。我只有沉入幻想中，幻想暮春四五月间，黄山漫山遍野开满了杜鹃花的情况。我眼前的黄山一下子变了样，"日出山花红似火"，红色的火焰仿佛燃遍了全山，直凌太空，形成了一幅红透宇宙的奇景。

就这样，一路幻想下去。平路走尽，又上山路，穿过鳌鱼洞，就到了天海。这一段路更平了，仿佛已经离开黄山，到了平地上。一路树木蓊郁，翠竹夹道，两旁蝉声啼不住，轻身已到北海边。

上一段是改写白居易，此一段是改写李白，一边爬山一边改诗的游戏，作者是玩得上瘾了。

北海真是个好地方。人们已经看过了天都峰和莲花峰奇景险境，久已身履，大概总会觉得黄山胜境已经探过，到了北海已经成为尾声了。

然而实则不然。

我先讲一个口头传说。距北海不远有一个山峰，叫做始信峰。什么叫始信峰呢？这里熟于掌故的人说，就是"开始相信"，意思就是，到了这里才开始相信黄山之美。不管这个解释是否正确，是否就是原意，我确确实实是相信的。我到了北海以后，才知道，北海决不是黄山之游的尾声而是高峰，是顶端。上文曾引过一句古语："不到文殊院，没见黄山面。"我想改一改："走不到北海，黄山没有来。"再拿

写文章作比，如果过了玉屏楼算是“转”，那么到了北海就算是“合”。一篇精巧的文章写到这里，才算是达到精妙的顶点，黄山乃山中之奇山，北海是众奇并备，万巧同臻。游黄山到此，真可以说是叹观止矣。

然而究竟“合”出一些什么东西来呢？

三言两语是说不完的。以北海为中心，三五华里的半径内，景色万千，名目繁多。大则崇山峻岭，小至一石一树，无不奇绝人寰。从宾馆右转，走不多远，在深山绝谷的边缘上，出现了散花精舍，前面不远就是梦笔生花，笔架峰，骆驼石，上升峰和老翁钓鱼，再往前走就是始信峰。登上始信峰顶，下临无地，隔着深涧远处可见仙女峰、石笋矼，石笋壁立千仞，真仿佛天上有一个顶天立地的金刚巨无霸从上面把石笋栽在那里，成为宇宙奇观。我们只是从远处看石笋矼的，徐霞客是亲身到过。他在《游记》里写道：“趋石笋矼，至向年所登尖峰上，倚松而坐，瞰坞中峰石回攒，藻绘满眼，如觉匡庐、石门，或具一体，或缺一面，不若此之宏博富丽也。”

“宏博富丽”当然还不仅限于石笋矼。北海附近这一些名胜，无不“宏博富丽”、“藻绘满眼”。比如清凉台、曙光亭，都各有奇妙之处。出宾馆左折西行，可以到西海。沿路青松参天，翠竹匝地，有很多有名的奇景。走到尽头，同别的地方一样，眼前又是峭壁千仞，深涧万寻。从这里排云亭上，可以看到丹霞峰、松林峰、石床峰，各各刺青天，令人神往。据说这地方是看落照的好地方，可惜我们来的时候，不是黄昏，我们只有怅望西天，幻想一番日落西山、红霞满天的情景而已。

是不是北海就只“合”出了这样一些东西来呢?

也还不是的。黄山所谓四大奇景:奇松、怪石、云海、温泉。温泉一进山就可以看到,上面已经说道,这里不再提了。其他三奇,除了云海以外,一进山也都陆续可以看到。从慈光阁开始,只要你注意,奇松、怪石,到处可见。简直是让你一步一吃惊,一步一感叹。到了北海算是达到了顶峰,所谓集大成者就是。

那么,人们也许要问,奇松奇在什么地方呢?这个问题问得好,我初次听说奇松时,心里也泛起过这个问题。我游遍了黄山,到了北海,要想答复这个问题,也还感到非常困难,简直可以说是回答不出。我常常想,世间一切松树无不是奇的,奇就奇在它同其他一切树都不一样。其他树木的枝子一般都是往上长的,但是松树的枝干却偏平行着长或者甚至往下长,其他树木从远处看上去都能给人一个轮廓,虽然茂密,但却杂乱;然而松树给人的轮廓却是挺拔、秀丽,如飞龙、如翔凤,秩序井然,线条分明。松柏是常常并称的。如果它们站在一起,人们从远处看,立刻就能够分清哪是松,哪是柏。总之一句话,我们脑中一切关于树的规律,松树无不违反。此之所谓奇也。

但是,黄山上的松树比其他地方更奇,是奇中之奇。你只要看一看黄山上有名字的名松。你就可以知道:蒲团松、连理松、扇子松、黑虎松、团结松、迎客松、送客松、飞虎松、双龙松、龙爪松、接引松,此外还不知道有多少松。连那些不知名的大松、小松、古松、新松,长在悬崖上的松,长在峭壁上的松,长在任何人都不能想象的地方的松,千姿百态,石破天惊,

奇松奇在违反了一切关于树的规律,自然如此,人事中有时我们也需要不墨守成规,如此,方有人之“奇”。

更是违反了一切树木生长的规律。别的地方的松树长上一千多年,恐怕早已老态龙钟了,在这里却偏偏俊秀如少女,枝干也并不很粗。在别的地方,松树只能生长在土中,在这里却偏偏生长在光溜溜的石头上;在别的地方,松树的根总是要埋在土里的,在这里却偏偏就把大根、小根、粗根、细根,一股脑地、毫不隐瞒地、赤裸裸地摆在石头上,让你看了以后,心里不禁替它担起忧来。黄山松奇就奇在这里。看松而看到黄山松,真可以说是达到顶峰了。

谈到怪石,也真是够怪的。那么这些石头怪又怪在何处呢?在别的名山胜地中,也有一些有名有姓的山峰,也有一些有名有姓的石头。但是在黄山,这种山峰和石头却多得出奇。虎头岩、郑公钓鱼台、莺谷石、碰头石、鲫鱼背、羊子过江、仙人飘海、仙桃石、蓬莱三岛、鹦哥石、飞鱼石、采莲船、孔雀戏莲花、象石、金龟望月、仙鼠跳天都、仙人下轿、仙人把洞门、姜太公钓鱼、犀牛望月、指路石、金龟探海、老僧入定、老僧观海、仙人绣花、鳌鱼吃螺蛳、容成朝轩辕、鳌鱼驮金鱼、仙人下棋、仙人背包、飞来钟、老翁钓鱼、梦笔生花、猪八戒吃西瓜、书箱峰、达摩面壁、仙人晒靴、老虎驮羊、天鹅孵蛋、关公挡曹、仙人铺路、太白醉酒、五老荡船、天狗望月、双猫捕鼠、苏武牧羊、老僧采药、仙人指路、喜鹊登梅、猴子捧桃等等,等等。名目确实够繁多的了。名目之所以这样繁多,决定因素就是因为这里石头长得怪。如果不怪的话,就决不会有这样多的名目。你以为这些五花八门的名目已经把黄山的怪石都数尽了吗?不,还差得很远。如果你有时间静坐在黄山的某一个地方,面对眼前的奇峰怪石,让自己的幻想展翅驰骋,你还可以想出一大批新鲜动人的名目。比如我们几个人在西海排云亭附近面对深涧对面的山,我看出了一座“国际饭店”。这个名字一提出,你就越看越像,像得不能再像了,我们都为这个天才的发现而狂欢。假我以时日,我们可以巧立名目,为黄山创立一大批新鲜、别致,不但神似而且形似的名目,再为黄山增添光彩。

在怪石中最怪的,当然要数飞来石。顾名思义,人们认为这块大石头是从天外飞来的。我们从玉屏楼到北海的路上、快到北海的时候,已经从远处看到了它。它是在一座小山峰的顶上,孑然耸立在那里。上粗下细,同山峰接触的地方只是一个点,在山风中好像是摇摇欲坠,让人不禁替它捏一把汗,后来我们从北海到西海,在回去的路上爬了上去,一直爬到峰顶上,同黄山别的山头一样,小小的一个峰顶,下临万丈深涧。看到飞来石,我们都大吃一惊;原来同峰顶连接的地方有一条缝。这样一块巨石,上粗下细,又不固定在峰顶上,怎能巍然屹立在那里,而且还不知已经屹立了多少年呢?在这漫长的时间内,谁知道它已经经历了多少狂风暴雨、山崩地震呢?而它到今天仍然是岿然不动,简直违反了物理的定律。我们没有别的话可说,只能说它是奇中之奇了。

看到石头,驰骋幻想,想出一大批新鲜动人的名目。王羲之说,仰观宇宙之大,俯察品类之盛。游目骋怀正是游山的最大乐趣。

至于黄山的云海,更是我闻所未闻,见所未见。一座大山竟然命名北海、西海、天海、前海、后海,这样许多海,初听时难道不真是让人不解吗?原来这些海都是云海。我从小读王维的诗:“行到水穷处,坐看云起时。”觉得这个境界真是奇妙,心向往之久

矣。可是活了六十多岁,也从来没能看到云起究竟是什么样子。一天,我们正在北海的一个山头上,猛回头,看到隔山的深涧忽然冒起白色的浓烟。我直觉地认为这是炊烟。但是继而一想,炊烟哪能有这样的势头呢?我才恍然:这就是云起。升起来的云彩,初时还成丝成缕,慢慢地转成一片一团,颜色由淡白转浓。最初群山的影子还隐约可见,转瞬就成了一片云海,所有的山影都被遮住,云气翻滚,宛若海涛。然而又一转瞬,被隐藏起来的山峰的影子又逐渐清晰,终于又由浓转淡,直到山峰露出了真面目,云气全消,依然青山滴翠,红日皓皓。所有这一切都发生在几分钟之内。这算不算是云海呢?旁边有人说:"还不能算是。真正的云海,那要大雨之后。"我只好相信他的话。但是,"慰情聊胜无",不是比没有看到这种近似云海的景象要好得多吗?

除了上面谈的四大奇景之外,我还有一点意外的收获,那就是我在黄山看了日出。日出并没有列入黄山四奇之内,但仍然可以说是一奇。北海的曙光亭,顾名思义,就是看日出的最好的地方。几十年前,当我还年轻的时候,我曾登泰山看日出,在薄暗中,鹄候在玉皇顶上,结果除了看到一团红红的云彩之外,什么也没有看到。我只有暗自背诵姚鼐的《登泰山记》,聊以自慰:

及既上,苍山负雪,明烛天南。望晚日照城郭,汶水、徂徕如画,而半山居雾若带然。戊申晦,五鼓,与子颖坐日观亭,待日出。大风扬积雪击面。亭东自足下皆云漫。稍见云中白若樗

晦,农历每月最后一日。

蒱数十立者，山也。极天云一线异色，须臾成五采。日上，正赤如丹，下有红光，动摇承之。或曰：此东海也。

樗蒱(chū pú)，赌博工具。即骰(tóu)子，俗称色(shǎi)子。

这一次来到黄山北海。早晨天还没有亮，就有人跑着、吵着去看日出。我一骨碌爬起来，在凌晨的薄暗中摸索着爬上曙光亭，那里已经是黑鸦鸦地一团人。我挤在后面，同大家一样向着东方翘首仰望。天是晴的，但在东方的日出处，却有一线烟云。最初只显得比别处稍亮一点而已。须臾，彩云渐红，朝日露出了月牙似的一点；一转眼间，它就涌了出来，顶端是深紫色，中间一段深红，下端一大段深黄。然而立刻就霞光万道，白云为霞光所照，成了金色，宛如万朵金莲飘悬空中。

登泰山看日出，只能默念姚鼐《登泰山记》。游黄山则是亲睹日出，激动之情溢于言表。

就这样，黄山的三奇，奇松、怪石、云海，还加上一个奇：日出，我在黄山，特别是在北海，都领略过了，再拿作文章来打个比方，起、承、转、合，这几个大股都已作完，文章应该结束了。

然而不然，从我的感情和印象说起来，合还没有合完，文章也就不能结束。从我的激情来看，这仿佛刚才达到高潮，文章更不能就此结束了。我们原来并不想在北海住这样久，但是越住越想住，越住越不想走。三天之内，我们天天出去，天天有新的发现。大有流连忘返之意。我们最后怀着惜别的心情，离开了北海的时候，我的内心如潮涌、如云起，一步三回头。我们绕过黑虎松走上后山的道路，向着云谷寺的方向走去。一路之上，流水潺潺，山风习习，蝉声相送，鸟鸣应合，苍松翠竹，映带左右。我们又像

“文章”本已结束，“然而”宕开一笔，又生出一层转折。

走到山阴道上，应接不暇了。但是我们走到幽篁中，闻鸟声却不见鸟。我们笑着开玩笑说，这是留客鸟，它们也惋惜我们即将离去，大有依依不舍之意呢。

此时周围清幽阒静，好像宇宙间只有我们几个人似的。但是我的内心里却又像来黄山的路上那样如波涛汹涌，遐想联翩，我想到过去游览过国内外的名山大川。我一时想到泰山，一时又想到石林。这都是天下奇秀，有口皆碑。但是我觉得，同黄山比起来，泰山有其雄伟，而无其秀丽；石林有其幽峭，而无其雄健。黄山是大则气势磅礴，神笼宇宙；小则剔透玲珑，耐人寻味。如果拿美学名词来比附的话，我们就可以说，黄山既有阳刚之美，又有阴柔之美。可谓刚柔兼，二难并，求诸天下名山，可谓超超玄箸了。

指言论文辞高妙，超尘拔俗。超超，高超。箸，通“著”，明显的意思。

我一下子又想到中国的山水画。远山一般都只用淡墨渲染，近山则用各种的皴法。对远山的那种处理，只要在有山的地方，看到过远山的人，都会同意的，都会知道那实际上是把自然景物，再加上点画家个人的幻想与创造，搬到了纸上来的。这不同于自然主义，这是形似而又神似。但是对近山的那些不同的皴法，则生长在北方高山不多的地方的人，有时就不大容易理解，认为这不过是画家的传统手法，没有多大意思的。特别是对大涤子这样的画家，更不容易理解。今天我到了黄山，据说大涤子在这里住过，积年疑团，顿时冰释，我站在任何一个悬崖峭壁的下面，抬头仰望，注目凝视，观之既久，俨然是一幅大涤子的山水画出现在自己的眼前，我也俨然成了画中人了。但见这一幅画，笔墨恣纵，元气淋漓，皴法新颖，巨细无遗。倘若我们请天上匠作大神，来

清初大画家石涛的别号。石涛(1641—约1707)，广西桂林人。号大涤子、苦瓜和尚等。

到人间，盖上一座万丈高的大厦，把这一幅大画挂在里面，不知会产生什么效果，恐怕观赏的人都会目瞪口呆、惊愕万状吧！此时，只在此时，我才真正理解中国古代山水画家，其中也包括像大涤子这样有天才、有独创性，能独辟蹊径，开一代风气的画家，都是在仔细观察自然山色，简练揣摩，融会贯通之后，然后才下笔的。他们决不是专门抄袭古人，拾古人牙慧的。

我一下子又想到，天下名山多矣，中外皆然。但是像黄山这样的名山，却真如凤毛麟角。为什么中国竟会有黄山这样的山呢？这个问题似乎非常幼稚，实际上却是发自我内心深处的一个问题。我并不觉得它有什么幼稚、可笑。古人会说，这是灵气所钟。什么又是灵气呢？灵气这东西摸不着，看不到，实在是玄妙得很。但是依我看，它又确实是存在着的。我们一到黄山，第一天晚上坐在宾馆外深涧岸边，细听涧中水声，无意中捉到了一个萤火虫，发现它比别的地方的都大而肥壮。后来我们又发现这里的知了也比别的地方的大而肥壮，就连苍蝇也和别的地方不同，大得、壮得惊人，而在海拔近两千尺的天都峰顶，天风猎猎，人站在那里都摇摇欲坠，然而却能见到苍蝇，而且都有点气魄，飞驰迅速，呼啸而过。这实在使我吃惊不小，不用灵气所钟，又怎样解释呢？世界各国都有它们灵气所钟的地方，对于这些地方，只要我能走到、看到，我都喜爱、欣赏，一视同仁，决不会有任何偏心。但是，有黄山这样灵气所钟的地方，我作为一个中国人感到无比地骄傲与幸福。我因此热爱我们这一块土地，我更热爱我们这

一个国家。我们也并不想把黄山秘而不宣，独自享受。“但愿人长久，千里共婵娟。”我也但愿世界永存，黄山永存，永远以它那无比美妙的山色，为我们提供无比美妙的怡悦。

以上三个“我一下子又想到”比排而下，阐释了山水也即自然和人之间的关系；在作者的“想到”中，文章体现了浓郁的哲思，帮助读者升华思想。事实上，中国古代山水游记一定程度上都会带些哲思，作者字里行间都透出古典游记之于自己的影响。

我一下子又想到，古人说，人生要读万卷书，行万里路。又说太史公司马迁周览名山大川，故其文疏宕有奇气。还有人说，唐代大书法家张旭观公孙大娘舞剑器，因而书法大进；我现在游览了黄山，将来会产生什么样的影响呢？我一非文豪，二非书法家，这影响究竟要产生在什么地方呢？不管怎样，影响终归会有的，我且拭目以待。

我就是这样一边走，一边想，一边还欣赏四周奇丽景色，不知不觉地就回到了温泉。等到我从北海返回温泉的时候，我仿佛成了一个阿丽丝，我漫游了一个奇而又奇的奇境。过去一周的游踪，历历呈现在我心中。我的黄山梦于今实现了。但我并不满足于实现了梦境，而是梦得更加厉害起来。我仿佛还并没有到过真正的黄山，不，黄山对我来说比原来还要陌生，还要奇妙。我直觉地感到，真正的黄山我还没有看到。我从北海归来，只看了黄山的皮毛。黄山的名胜真如五光十色、扑朔迷离，在那“万壑树参天，千山响杜鹃”中似乎还隐藏着什么秘密，有待于我、有待于其他人去发现，去欣赏，去惊叹。古时候有一首关于黄山的诗：“踏遍峨嵋与九嶷，无兹殊胜幻迷离。任他五岳归来客，一见天都也叫奇。”

我还没有历游五岳，也还没有到过峨嵋与九嶷。我对黄山、对天都叫奇，完全是很自然的。我相信，即使我有朝一日真地遍游五岳，登峨嵋，探九嶷，我再到黄山来仍然会叫奇不绝的。

我来的时候，心里带来了一个假的黄山图，它一遇到真黄山就破碎消失了。我现在离开的时候，带走了一幅真正的黄山图。虽然我还不能相信，这一幅图就是黄山的真相，但是这幅黄山图将永远留在我的心中。经过了一段时间酝酿思忖，我现在写出了我心目中的黄山。但写的过程中，我时时怀疑我这一支拙笔会玷污了黄山。古人诗说："美人意态画不出，当时枉杀毛延寿。"我现在真觉得，"黄山意态写不出，枉费不眠数夜间"。《世说新语》任诞第三十三说："桓子野每闻清歌，辄唤：'奈何！'谢公闻之曰'子野可谓一往有深情'。"

这里指的是，桓子野每闻清歌，辄情动乎中。我现在面对着黄山，心中有一美妙的黄山，笔下的黄山却并不那么美妙，我也只能学一学桓子野，徒唤奈何。

再次提及心中的黄山图和真实的黄山图，呼应了文章开头。引用《世说新语》的典故，意在表明黄山的美好实在不是自己这篇文章所能展现得出的，也是作者自谦之意。

桓子野，典故人物。东晋有个叫桓子野的人，善吹笛，也喜欢听别人吹笛。每听到别人的清唱时，一定连呼几声"奈何！"可见其对音乐一往情深。

富春江上

[题记]远山有远山的气质，流水有流水的归宿，在群山和溪水之间有着很多令人向往的地方。

游富春山水的兴致完全来自于对一个典故的疑惑：当年，元代画坛四大家之一的黄公望隐居富春，费时数年绘制了一幅“富春山居图”，成为传神之品。后来这幅历史名作饱经沧桑，流落到一个富人之手。富人对它倍爱有加，竟然在临死之前，要他的儿子焚烧此画，好去阴间为伴。幸好他侄儿阻止，此画没有被当成富人的殉葬品化为灰烬。如今这烧为两段的画卷，分藏在大陆和台湾的博物馆中。于是，我并平添了对富春山水的遥想，会是怎样的山水成就此神来之品的精髓？

由著名画家黄公望画《富春山居图》典故引起对富春山水的遥想，山水的底蕴和文章的底蕴就都体现出来了。

好几次，我都想去富春江走一遭，都不能如愿。这次，游玩杭州后，索性再去游富春江了。一个人出来，倒也不显得孤单，有山水为伴，怡然自得之乐不甚言表。

霖雨经日，风时起，我乘坐的轮船从桐庐下驶，过了富阳，就在滔天百浪中打旋，连岸都靠不拢。轮船一直腾起暴落，终宵在轰同澎湃中起伏。我身临其境很是惶恐，紧握着拳头，后来轮船驶了好久，已是深夜，远看桐庐，渔火点点，船行其境，有“人行明镜中，鸟度屏风里”的诗情画意，自有一番怡然之情……“两岸画山相对出，一脉秀水迤逦来。”桐君山只是那么一个庞然黑影，有如老僧入定，不乏几许神秘色彩。因此，清末梁启超称之为“峨眉一角”，而康有为则誉之为“峨嵋诸峰不及此奇”。回看七里泷中，山高月小。此时，风也止了，只听到“轰……”的轮船马达声。忽然我体会到这是静美的境界。境与情遇，心随物转，有时物我两忘，这才体会到“天地之悠悠”，不禁“怆然而泪下”的。

唐·李白《清溪行》。

古典诗文梅花间竹，以此描绘富春江的优美。

难怪连大诗人陆放翁也是被富春江的潮水激荡的回气如肠了：桐庐处处是新诗，鱼浦江山天下稀；安得移家常住此，随朝入县伴潮归。

这首诗，是大诗人从江西放归，途经桐庐鱼浦所作的。陆一直报国难酬，自然苦闷，来了富春江上，倒是生了安家的念头。可惜他终究没能如愿。在他之前，已经接踵来了好几位文人墨客了。谢灵运、李白、杜牧、孟浩然、范仲淹、苏东坡等不仅游历了富春江小三峡，而且还留下了大量的传世之作。地灵之所自然少不了人杰。

所谓的人杰地灵。山水的美不仅在于风景，也在于人文。

位于富春江上游桐庐七里泷至建德梅城一段河道，全长 24 公里，是富春江上风光最美的一段。

富春江小三峡亦称桐江，又叫七里泷。说起七里泷，历史上还流传着一段动人的传说呢。在很久以前，这里江面水稳，渔歌声声，不仅是渔民捕鱼的好地方，也是船筏运输最繁忙的水上交通线。不料有一天，江面出现妖孽作祟，狂风大作，自上而下的江水逆流回旋，无数的船只被波浪掀翻。从此，一年

山川风物往往衍生出神话传说，是先人对自然现象的想象。今天则增添了自然山水的一丝神秘。

复一年，不知有多少船只在这里翻身，多少人在这里葬入鱼腹。一天，龙虎山的张天师途经此地，听说有妖作怪，便手握斩妖剑直奔江边。他凝目一望，果见一条青龙在江中翻腾嬉闹，当即登上一叶小船直向江心驶去。张天师稳立船头，铜眼圆睁，刷地抽出斩妖剑向青龙头上劈去。随着一声哀鸣，青龙被镇住了，只得苦苦哀求张天师饶命。张天师说："用你腹中的风，每天把下游的船送往上游，来赎回你的罪过。"青龙满口答应。从那以后每当富春江下游的船只到了七里泷口，就可以息篙、收纤，扯起风帆，而青龙一见白色的风帆，就会吹起风来，龙口风一吹，船便像离弦的箭一般向上游驶去。后人便把这奇丽的景致称为"七里扬帆"，这当然是一个神话传说，然而却又是现实中的奇景。

漫游在这自然构筑的天地里，足以产生游长江小三峡一般的诗情画意与神思遐想，故有"欲游小三峡，不用到长江"之妙喻。

听导游的介绍，七里泷上游有一道溪流从北岸汇入，这就是著名的胥溪，相传春秋时楚国伍子胥避楚平王谋害，逃奔吴国，后经此渡口吴国都城姑苏。渡口石壁危立，上有摩崖石刻"子胥渡"三个大字。此处江面开阔，悄悄寂寂，古道萦回，故名"胥江野渡"。伍子胥的故事大家已经耳熟能详了，自然不用我废话周章。只是这安静优美的富春山水，夹杂着血腥的仇杀，未免扫兴。

如此美景，自然会有美食。富春江有一绝，那就是五月鲥鱼，自是珍品。鲥鱼离水即死，古人有人生恨事之语，其一便是吃不到活的鲥鱼。这是该献给皇帝吃的美味，不过迢迢万里，不要说八百里快马，兼程入贡，即算是用飞机远去，也总得打折扣了。现在人们已人工养殖，自然少了些鲜味。

我来富春江，肯定是要一饱口福的，不知怎的，脑中不时地跳动着这一场景：一隐士，头披草笠，握着鱼竿，独钓江边，怡然自乐。

鲥鱼自然是富春江的美味，但作者之意并不在于大快朵颐，而是以“鱼”为钓饵，引出富春江的重要人物——严子陵。

对！是严子陵。他原姓庄，后人因避明帝讳改姓严，名遵，字子陵。我想，他当年肯定吃过，这一点，就比汉光武帝要口福好得多了。我对他是很钦佩的。这位隐士，他有着光武帝那样的阔朋友，同床而睡，把脚搁在皇帝的肚皮上，也就被千古文士赞叹不已。然而严子陵却从搁肚皮这件事中，看到了小人的倾轧，官场的险恶，便执意不肯再在洛阳留下去了。当刘秀还想要他做谏议大夫时，他终于不辞而行，悄然离去，隐居于富春山下，垂钓起来。“桐江之丝，系汉九鼎”。这一丝，不但让天下士子归心，又让隐士居庙堂之外而逍遥自在。

后来谪贬的范仲淹为严子陵祠堂作记，就有了“云山苍苍，江水泱泱，先生之风，山高水长”的赞词，甚至异族的康熙帝也对他推崇不已。

我想，这种独钓江边，怡然自乐的闲情现在已是不可得了。经济的马达早已把“闲山野水”轰得巨响了。太多太多的花钱地方逼得人们为生存而奔波，哪有什么闲情逸致去独钓江边呢！“孤中蓑笠翁，独钓寒江雪”，看来已是无雪可钓了。既是游玩，就不谈这忧伤之叹了。

现代人忙于生计，古典诗情画意消失殆尽，作者的感慨渗透着对现实深深的忧虑。

船还是驶在富春江上，江水如歌，广袤静寂，心情倒也平静，原先的疑惑就豁然开然了。

作者的疑惑得到解决。我们懂得了山水是美好的，人心是淡泊逍遥的，山水人心相得益彰，如此才成就神品。

登庐山

开篇写庐山的一个整体镜头，眼前突兀见庐山。一下子庐山就矗立在读者面前。

苍松翠柏，层层叠叠，从山麓向上猛奔，气势磅礴，压山欲倒，整个宇宙仿佛沉浸在一片浓绿之中。原来这就是庐山啊！

汽车沿着盘山公路，在万绿丛中盘旋而上。我一边仿佛为这神奇的绿色所制服，一边嘴里哼着苏东坡那一首脍炙人口的诗：

横看成岭侧成峰，
远近高低各不同。
不识庐山真面目，
只缘身在此山中。

我很后悔，在年轻读中国小学的时候，学习马虎，对岭与峰的细微区别没有弄清楚。到了此时，悔之晚矣。无论横看，还是侧看，我都弄不明白苏东坡用意之所在。我只觉得，苏东坡没有搔着痒处，没有真正抓住庐山的神韵，没有抓住庐山的灵魂，空留下这一首传诵古今的名篇。

在质疑苏轼的过程中，启发我们思考庐山的神韵和灵魂是什么。有时候我们需要质疑的劲头。

到了我们的住处以后，天色已经黄昏。窗外松涛澎湃，山风猎猎，鸟鸣在耳，蝉声响彻，九奇峰朦胧耸立，天上有一弯新月。我耳朵里听到的是松声，眼睛仿佛看到了绿色。我在庐山的第一夜，做了一个绿色的梦。

中国的名山胜境，我游得不多。五十年前，我在大学毕业后，改行当了高中的国文教员。虽然为人师表，却只有二十三岁。在学生眼中，我大概只能算是一个大孩子。有一个学生含笑对我说："我比你还大五岁哩！老师！"这有什么办法呢？我当时童心未泯，颇好游玩。曾同几个同事登泰山，没费吹灰之力就登上了南天门。在一个鸡毛小店里住了一夜，第二天凌晨攀登玉皇顶，想看日出。适逢浮云蔽天，等看到太阳时，它已经升得老高了。我们从后山黑龙潭下山，一路饱览山色，颇有一点"一览众山小"的情趣。泰山给我留下了非常深刻的印象。从审美的角度上来评断，我想用两个字来概括泰山，这就是：雄伟。

六年以前，我游了黄山。从前山温泉向上攀，经过了许多名胜古迹，什么一线天、蓬莱三岛等，下午三时到了玉屏楼。回望天都峰鲫鱼背，如悬天半。在玉屏楼住了一夜，第二天再向北海前进。一路上又饱览了数不清的名胜古迹。在北海住了两夜，看到了著名的黄山云海和奇峰怪石。世之论者认为黄山以古松胜，以云海胜，以奇峰胜，以怪石胜。古人说："五岳归来不看山，黄山归来不看岳。"这是非常有见地的话。从审美的角度来评断，我也想用这两个字来概括黄山，这就是：诡奇。

那一次陪我游黄山的是小泓，我们祖孙二人始终走在一起。他很善于记黄山那一些稀奇古怪的名胜的名字，我则老朽昏庸，转眼就忘，时时需要他的提醒和纠正。当时日子过得似乎平平常常，并没有

本文作于1986年8月。1934年季羡林先生清华大学毕业后应省立济南高中校长之邀，回母校任国文教员。

觉得有什么奇妙之处,有什么值得怀念之处。但是,前几年我到安徽合肥去开会,又有游黄山的机会,我原本想再去黄山的。可是,我忽然怀念起小泓来,他已在千山万水浩渺大洋之外了。我顿时觉得,那一次游黄山,日子过得不细致,有点马马虎虎,颇有一点身在福中不知福的味道。如今回忆起来,情景历历如在眼前。哪怕是极小的生活细节,也无一不温馨可爱,到了今天,宛如一梦,那些情景永远永远不会再回来了。我觉得,再游黄山,谁也代替不了小泓。经过了反复的考虑,我决意不再到黄山去了。

上段写游黄山,本段写游庐山,形成对比。作者告诉我们,哪怕是极小的生活细节,也无一不温馨可爱,要全心全意地把整个灵魂都放在上面。这是旅行的真谛。

今天我来到了庐山,陪我来的是二泓。在离开北京的时候,我曾下定决心,在庐山,日子一定要仔仔细细地过,认真在意地过,把每一个细微末节,每一分钟,每一秒钟,都要仔细玩味,决不能马马虎虎,免得再像游黄山那样,日后追悔不及。我也确实这样做了。正像小泓一样,二泓也是跟我形影不离。几天以来,我们几乎游遍整个庐山。茂林修竹,大陵深涧,岩洞石穴,飞瀑名泉。他扶着我,有时候简直是扛着我,到处游观。我觉得,这一次确实是仔仔细细地过日子了,一点也没有敢疏忽大意。对一草一木,一山一石,变幻莫测的白云,流动不息的飞瀑,我都全心全意地把整个灵魂都放在上面。我只希望,到得庐山之游成为回忆时,我不再追悔。是否真正能做到这一步,我眼前还不敢夸下海口,只有等将来的事实来验证了。

文章前部写了登泰山,游黄山,花费颇多笔墨。我们心里要嘀咕了,不是登庐山吗,怎么迟迟不入正题?至此,我们方得明白,泰山的雄伟,黄山的诡奇,映衬的是庐山的秀润。在比较中,我们能够更鲜明地感知庐山的特点。

庐山千姿百态,很难用一个字或几个字来概括。但是,总起来说,庐山给我的印象同泰山和黄山迥乎不同。在这里,不管是远山,还是近岭,无不长满了松柏。杉树更是特别郁郁葱葱,尖尖的树顶直刺云天。目光所到之处,总是绿,绿,绿,几乎看不到任何别的颜色,是一片浓绿的天地,一片浓绿的大洋。从审美的角度来看,我也想用两个字来概括庐山,这就是:秀润。

我觉得,绿是庐山的精神,绿是庐山的灵魂,没有绿就没有庐山。绿是有层次的。有时候蓦地白云从谷中升起,把苍松翠柏都笼罩起来,笼罩得迷蒙一片,此时浓绿就转成了青色,更给人以秀润之感,可惜东坡翁当年没能抓住庐山这个特点,因而没有能认识庐山的真面目,成为千古憾事。我曾在含鄱口远眺时信口写一七绝:

近浓远淡绿重重,
峰横岭斜青蒙蒙,
识得庐山真面目,
只缘身在此山中。

我自谓抓住了庐山的精神,抓住了庐山的灵魂。庐山有灵,不知以为然否?

篇末与庐山对话,告知自己体会出的庐山的精神和灵魂,回应开头写苏轼诗歌的内容。也见出作者有趣的一面。

法门寺

法门寺多么熟悉的名字啊！京剧有一出戏，就叫《法门寺》。其中有两个角色，让人永远忘不了：一个是太监刘瑾，一个是他的随从贾桂。刘瑾气焰万丈，炙手可热。他那种小人得志的情态，在戏剧中表现得惟妙惟肖、淋漓尽致，是京剧中最著名的人物之一。贾桂则是奴才相。他的“知名度”甚至高过刘瑾，几乎是妇孺皆知。“贾桂思想”这个词儿至今流传。

我曾多次看《法门寺》这一出戏，我非常欣赏演员们的表演艺术。但是，我从来也没有想研究究竟有没有法门寺这样一个地方？它坐在何州何县？这样的问题好像跟我风马牛不相及，根本不存在似的。

然而，我何曾料到，自己今天竟然来到了法门寺，而且还同一件极其重要的考古发现联系在一起了。

法门寺是作者熟悉的名字，然而却只是戏剧中而非现实中的法门寺，开篇彰显了作者到法门寺的意外和激动。

这一座寺院距离陕西扶风县有八九公里路，处在一个比较偏僻的农村中。我们来的时候，正落着蒙蒙细雨。据说这雨已经下了几天。快要收割的麦子湿漉漉的，流露出一种垂头丧气的神情。但是在中国比较稀见的大棵大朵的月季花却开得五颜六色、绚丽多姿，告诉我们春天还没有完全过去，夏天刚刚来临。寺院正在修葺，大殿已经修好，彩绘一新，鲜艳夺目。但是整个寺院还是一片断壁残垣，显得破破烂烂。地上全是泥泞，根本没法走路。工人们搬来了宝塔倒掉留下来的巨大的砖头，硬是在泥水中垫出一条路来。我们这群从北京来的秀才们小心翼翼、战战兢兢地踏着砖头，左歪右斜地走到了一个原来有一座十三层的宝塔而今完全倒掉的地方。

这样一个地方有什么可看的呢？千里迢迢从北京赶来这里，难道就是为了看这一座破庙吗？事情当然不会这样简单。这一座法门寺在唐代真是大大的有名，它是皇家烧香礼佛的地方。这一座宝塔建自唐代，中间屡经修葺。但是在一千多年的漫长的时间内，年深日久，自然的破坏力是无法抗衡的，终于在前几年倒塌了。我们现在看到的就是倒塌后的样子。

在法门寺眼前的断壁残垣、破破烂烂中却能遥想它的辉煌和壮观，历史就是这样的多变，沧海桑田。

倒塌本身按理说也用不着大惊小怪。但是，倒塌以后，下面就露出了地宫。一方面似乎是出人意料，另一方面似乎是在意料之内，在这里发现了大量异常珍贵的古代遗物。遗物真可以说是丰富多彩、琳琅满目。其中有金银器皿、玻璃器皿、茶碾子、丝织品。据说，地宫初启时，一千多年以前的金器，金光闪闪，光辉夺目，参加发掘的人为之吃惊，为之振奋。最引人瞩目的是秘色瓷，实物还从来没有看到过。另外根据刻在石碑上的账簿，丝织品中有中国历史唯一的一位女皇武则天的裙子。因为丝织品都粘在一起，还没有能打开看一看，这一条简直是充满了神话色彩的裙子究竟是什么样子。

但是，真正引起轰动的还是如来佛释迦牟尼的真身舍利。世界上已经发现的舍利为数不少，我国

也有不少。但是,那些舍利都是如来佛遗体焚化后留下来的。这一个如来佛指骨舍利却出自他的肉身,在世界上从来没有过。我不是佛教信徒,不想去探索考证。但是,这个指骨舍利在十三层宝塔下面已经埋藏了一千多年,只是这把年纪不就能让我们肃然起敬吗?何况它还同中国历史上和文学史上的一段公案紧密地联系在一起呢!唐朝大文学家韩愈有一篇著名的文章:《论佛骨表》,千百年来,读过这篇文章的人恐怕有千百万。我自己年幼时也曾读过,至今尚能背诵。但是,我从来也没有想到,唐宪宗"令群僧迎佛骨于凤翔"的佛骨竟然还存在于宇宙间,而且现在就在我们眼前。我原以为是神话的东西就保存在我们现在来看的地宫里,虚无缥缈的神话一下子变为现实,它将在全世界引起多么大的轰动,目前还无法逆料。这一阵"佛骨旋风"会以雷霆万钧之力扫过佛教世界,这一点是肯定无疑了。

历史和文学中的内容突然一下子出现在眼前,这是考古的魅力,是发现历史真相的惊喜,突出了此次发现的重大意义。

我曾经多次来过西安,我也曾多次感觉到过,而且说出来过:西安是一块宝地。在这里,中国古代文化仿佛阳光空气一般,弥漫城中。唐代著名诗人的那些名篇名句,很多都与西安有牵连。谁看到灞桥、渭水等等的名字不会立即想到杜甫、李商隐的名篇呢?这里到处是诗,美妙的诗;这里到处是梦,神奇的梦。这里是一个诗和梦的世界,如今又出现了如来真身舍利。它将给这个诗歌和梦的世界涂上一层神光,使它同西天净土、三千大千世界联系在一起。生为西安人,生为中国人有福了。

西安文化厚重。

从神话回到现实,我们这一群北京秀才们是应邀来鉴定新出土的奇宝的。对于我们这些凡夫俗子来说,如来真身舍利渺矣茫矣。对每一个中国人来说,古代灿烂的文化遗物却是活生生的现实。即使对于神话不感兴趣的普通老百姓,对现实却是感兴趣的。现在法门寺已经严密封锁,一般人不容易进来。但是,老百姓却有自己的想法,有自己的价值观。在大街上,两位中年人满面堆笑,走了过来:

"你是从北京来的吗?"

"是的。"

"你是来鉴定如来佛舍利吗?"

"是的。"

"听说你们挖出一地窖金子?!"

对这样的"热心人",我能回答些什么呢?

在飞机上五六个年轻人一下子拥了上来:

"你们是从北京来的吗?"

"是的。"

"听说,你们看到的那几段佛骨,价钱可以顶得上三个香港?!"

多么奇妙的联想,又是多么天真的想法。让我关在屋子里想一辈子也想不出来。无论如何,这表示,西安的老百姓已经普遍地注意到如来真身舍利的出现这一件事,街头巷尾,高谈阔论,沸沸扬扬,满城都说佛舍利了。

外国朋友怎样呢?他们的好奇心、他们的轰动,绝不亚于中国的老百姓。在新闻发布会上,一位日本什么报的记者抢过扩音器,发出了连珠炮似的问题。"这个佛骨舍利是如来佛哪一只手上的呢?是拇指,还是小指?"我们这些"答辩者",谁也回答不出来。其他外国记者都争着想提问,但是这位日本朋

本地人的好奇,外国人的关注,都充分说明了此次真身舍利的出现在世界上引发的重大影响。

友却抓紧了扩音器，死不放手。我决不敢认为他的问题提得幼稚可笑，对一个信仰佛教又是记者的人来说，他提的问题是非常认真严肃的，又是十分虔诚的。据我了解到的，现在世界上许多国家，特别是日本、印度以及南亚和东南亚佛教国家，都纷纷议论法门寺的真身舍利。这个消息像燎原的大火一样，已经熊熊燃烧起来了。

就这样，我在细雨霏霏中，一边参观法门寺，一边心潮起伏，浮想联翩。多年来没有背诵的《论佛骨表》硬是从遗忘中挤了出来，我不由一字一句暗暗背诵着：

> 一封朝奏九重天，夕贬潮阳路八千。欲为圣明除弊事，肯将衰朽惜残年？云横秦岭家何在，雪拥蓝关马不前。知汝远来应有意，好收吾骨瘴江边。

韩愈因谏迎佛骨遭到贬逐，他的侄孙韩湘来看他，他写了这一首诗。我没有到过秦岭，更没有见过蓝关，我却仿佛看到了一个孤苦伶仃的老人，忠君遭贬，我不禁感到一阵凄凉。此时月季花在雨中别具风韵，法门寺的红墙另有异彩。我幻想，再过三五年，等到法门寺修复完毕，十三级宝塔重新矗立之时，此时冷落僻远的法门寺前，将是车水马龙，摩肩接踵，与秦俑馆媲美了。

法门寺有过辉煌，也有过沧桑，但此次的考古发现将使它迎来再一次的辉煌。

观秦兵马俑

好像从地下涌出来一样，千军万马的兵马俑一个个英姿勃发地突然站立在大地上。说是千军万马，决不是夸大之词。仅就已知的俑的数目来看，足足够编成一个现代化的师。有待于发现的还没有计算在内。

从兵马俑的数量出发引出下文关于奇迹的讨论。

你说这是一个奇迹吗？我同意。这几乎是全世界到中国来参观兵马俑的外国朋友的一致的意见，他们中间有的人甚至说，秦兵马俑这一个奇迹超过了举世闻名的万里长城。但是，同时我也可以不同意。我们伟大的祖国是文明古国。在现在的九百多万平方公里的土地上，十亿人口正在从事于万马奔腾的社会主义现代化的伟大建设工作。这是地面上的奇迹，是明明白白地摆在光天化日之下的，是人们都能够看到的。但是在地下呢？谁也说不清楚，究竟还有多少像秦兵马俑这样的奇迹暂时还埋藏在那里。就连邻近兵马俑的地带，地下情况我们也还不很清楚，何况是这样辽阔的大地呢？

在兵马俑没有涌出来以前，想来地面上也不过是一片青青的庄稼，或者一片荒烟蔓草。这一块土地，同另外任何一块土地完全是一模一样的。两千多年以来，不知道有多少人脚踩过这一块土地，也许在上面种过庄稼，种过菜，栽过树，养过花；也许在上

面盖过房子，修过花园。谁也不会想到，就在自己的脚下，竟埋藏着这样多这样神奇的国宝。中国古人有一句现成的话说：“地不爱宝。”现在也许是大地忽然不再爱这些宝贝了，于是兵马俑这样的国宝就一下子涌到地面上来。

今天我们不远千里来到这里，无非是想看一看这些国宝，这些奇迹。一路之上，从西安城一直到这里，看到的当然都是地面上的东西。车过秦始皇陵，看到一个高高的土丘，上面郁郁葱葱，长满了石榴树。因为天气不好，骊山只剩下一片影子，黑魆魆地扑人眉宇。田地里长满了青青的蔬菜，间或也能看到麦苗。麦苗长得还很矮小，但却青翠茁壮。在骊山的阴影压迫之下，这麦苗显得更加青翠，逗人喜爱。

情景描写。

但是在西安引人注意的却不是这些青翠茁壮的麦苗。西安是一个最容易让人发思古之幽情的地方。只要一看到秦始皇陵和骊山，人们的思潮就会冲决这两个地方，向外扩散。我现在正是这样。我的心思仿佛长上了翅膀，连绵起伏，奔腾流泻。看到半坡，我自然就想到了蒙昧远古的祖先。接着想到的是我们汉族公认的始祖轩辕黄帝，他的陵墓距离西安不算太远。骊山当然让我想到周幽王和骊姬。始皇陵里埋着妇孺皆知的秦始皇。茂陵是汉武帝的陵墓。这一位雄才大略的大皇帝把自己的大将和大臣都埋葬在身边，霍去病和卫青的墓都在茂陵附近。这两个杰出的年轻的大将军在死后还在赤胆忠心地保卫着自己的主子。

至于唐代，那遗迹更是到处可见。很多地方都与中国文学史上一些非常显赫的诗人的名字联系在一起。抬头一看,低头一想,无一不让你想到唐代诗歌的黄金时代,想到一些脍炙人口的诗句。这里简直是诗歌的王国,是幻想的天堂,是天上彩虹的故乡,是人间真情的宝库。走过灞桥,我怎能会不想到当年折柳赠别的那一些名句和那种依依不舍的友情呢?看到蓝田这个地名,我自然就想到了王维的辋川别墅,想到那些意境幽远的短诗。终南山抬头就能够见到,一看到终南山:“终南阴岭秀,积雪浮云端;林表明霁色,城中增暮寒。”吟咏这首诗的声音,就在我耳边响起。车子驰过城西北的那一些原,我不由自主地低吟:“五陵北原上,万古青蒙蒙。”走过咸阳桥,杜甫的名句“耶娘妻子走相送,尘埃不见咸阳桥”自然就在我耳边响起。我仿佛看到在滚滚的黄尘中唐代出征军人的身影,他们的父母妻子把臂牵袂,痛哭相送。一走过渭水,秋风生渭水,落叶满长安。

这样的诗句马上把我带到了长安的深秋中,身上感到一阵阵的凉意。一想到秋天,我马上就想到春天。“云里帝城双凤阙,雨中春树万人家。”这样春雨中的情景立刻就把千树万树枝头滴着红雨的杏花带到我眼前来,我身上感到一阵阵的湿意。从帝城我联想到大明宫:“九天阊阖开宫殿,万国衣冠拜冕旒。”我仿佛亲眼看到当年世界的首都长安的情景,大街上熙熙攘攘,挤满了人,在黄皮肤的人群中夹杂着不少皮肤或白或黑、衣着怪异、语言奇特的外国学者、商人、僧侣、外交官……

总之,在我乘车驶向秦俑馆的路上,我眼前幻影

行走在秦川大地上,比之景色,更多的是由眼前景色触及的联想。那些伟大的帝王、诗人,那些熟悉的地名,那些优美动人的诗句,无不让人感慨秦川历史文化的悠久和厚重,生出骄傲的意味是再自然不过的事情了。

迷离，心头忆念零乱，耳旁响着吟诗声，嘴里念着美妙的诗句，纵横八百里，上下数千年，浮想联翩，心潮腾涌。我以前在任何时候任何地方都没有过这样复杂的感情，我是既愉快，又怅惘；既兴奋，又冷静，中间还掺杂上一点似乎是骄傲的意味。

就这样，转眼之间，我们已经到了秦兵马俑馆。

所谓兵马俑馆，是一个硕大无比的大厅，目测至少有几个足球场大。在进入大厅之前，我们先参观了大厅旁边的一间小厅，中间陈列着正在修复中的一辆铜车、四匹铜马。四匹铜马神采奕奕，仿佛正在努力拉着铜车奔驰。一个铜军官坐在车上，驾驭着这四匹马。看到这样精致绝伦的艺术国宝，我们每个人都不禁啧啧称叹：想不到宇宙间竟有这样神奇的珍品，我心中那一点骄傲的意味不由得更加浓烈起来了。

走进了大厅，站在栏杆旁边向下面的大坑里望去，看到一排排的坑道，坑道中，前排的兵俑和马俑都成排成行地站在那里。将军俑、铠甲武士俑、骑马俑等等，好像都聚精会神地站在那里，静候命令，一个个秩序井然，纪律严明，身体笔直，一动也不动。兵俑中间间杂着一些马俑，也都严肃整齐，伫立待命。我原以为，这些兵俑都是一个模子里塑制出来的，千篇一律，不会有什么变化。但是仔细一看才发现，他们的面部表情几乎每一个都不相同：有的像是在微笑，有的像是在说话，有的光着下颌，有的留着胡子，个个栩栩如生，而又神态各异，没有发现一个愁眉苦脸的。他们好像是都衷心喜悦地为大皇帝站岗放哨。他们的“物质待遇”好像是很不错，否则怎么能个个都心满意足呢？我简直难以想象，当年的

兵马俑的奇迹并不仅仅在于数量，更在于它的精致生动，在于古代劳动人民的伟大创造。

艺术家是怎样塑制这些兵马俑的。数以万计的兵马俑竟都能这样精致生动，不叫它是宇宙间一大奇迹又叫它什么呢？

我的思潮又腾涌起来，眼前幻象浮动，心头波浪翻滚。蓦地一转眼，我仿佛看到坑里的兵俑和马俑一齐跳动起来。兵俑跑在前面，在将军俑的率领下，奋勇前进。马俑紧紧地跟在后面。有的兵俑骑上马俑，放松缰绳，任马驰骋。后排坑道里那些还没有被完全挖出来的兵俑和马俑，有的只露出了头，有的露出了半身，有的直着身子，有的歪着身子，也都在那里活动起来。在这里，地面高高低低，坎坷不平。它在我眼中忽然变成了海浪，汹涌澎湃，气象万千。兵俑和马俑正从海浪中挣扎出来。有脑袋的奋勇向前。连那些没有脑袋的也顺手抓起一个脑袋，安在脖子上，骑上马俑，向前奔去，想追上前面那些成行成排的俑，一齐飞出大厅。那四匹铜马拉着铜车四马当先，所向无前。连乾陵的那两匹带翅膀的飞马也从远处赶了来，参加到飞腾的队伍中去。他们一飞出大厅，看到今天祖国已经换了人间，都大为惊诧与兴奋。他们大声互相说着话："我们一睡就是几千年，今天醒来，看到河山大地花团锦簇，人民群众意气风发。我们虽然都有了一把子年纪，但是身子骨还很硬朗。我们休息了这么多年，正有用不完的劲。我们也一定要尽上一份力量，决不能后人。现在是大显身手的好时候了，干呀！干呀！"边说边飞，浩浩荡荡，飞向天空，飞向骊山：

骊山高处入青云，仙乐风飘处处闻。

现在我耳边响起的不是缓歌慢奏的仙乐，而是兵马杂沓，金鼓齐鸣，这些声音汇成了三界大乐，直上青云，跟随着兵俑和马俑，把我的心也夹在了中间，飞驰掠过八百里秦川。这八百里秦川可真是一块宝地啊！在若干千年中，我们的先民在这里胼手胝足，辛勤耕耘，才收拾出来了现在这样的锦绣河山。就拿西安这一个地方来说吧。在汉唐时期，以它那光辉灿烂的文化，吸引了成千上万的外国朋友，不远万里，来到这里，或学习，或贸易，或当外交官。西安俨然成了当时世界的中心。城中盛况，依稀可以想象。这一点我在上面已经谈到。今天，又发现了数目这样多、塑制又这样精美，能同世界奇迹长城媲美的兵马俑，锦上添花，又招引来了全国各地的人士和世界各国的朋友，云集此处，都瞪大了眼睛，惊叹不置。在我们来的路上，外国朋友乘坐的车子，络绎不绝。现在在秦俑馆内，外国朋友，男女老幼，穿着五光十色的衣服，说着稀奇古怪的语言，其数目远远超过国内人民。在这样的情况下，作为一个中国人，人们会想些什么呢？别人的心思我无法揣度，我说不出；但是我自己的心思我是清楚的。我在来的路上的那一点淡淡的骄矜之意、幸福之感，现在浓烈起来了。为身为一个中国人而感到骄矜与幸福，难道不是我们共同的感觉吗？

天地日日新，对于今天我们国家建设中取得的伟大成就，恐怕是兵马俑所想象不到的。厚重的历史让人骄傲，美好的生活让人幸福，我们应当努力珍惜，好好体验。

我就是怀着这样的骄矜之意与幸福之感，依依不舍一步三回首地离开了秦俑馆的。此时天色已经渐渐地晚了下来。骊山山顶隐入一层薄薄的暮霭中。浩浩荡荡的兵俑和马俑的队伍大概已经飞越了骊山，只留下一片寂静，伴随着我驰过八百里秦川。

在敦煌

刚看过新疆各地的许多千佛洞，在驱车前往敦煌莫高窟千佛洞的路上，我心里就不禁比较起来：在那里，一走出一个村镇或城市，就是戈壁千里，寸草不生；在这里，一离开柳园，也是平野百里，禾稼不长；然而却点缀着一些骆驼刺之类的沙漠植物，在一片黄沙中绿油油地充满了生机，看上去让人不感到那么荒凉、寂寞。

我们就是走过了数百里这样的平野，最终看到一片葱郁的绿树，隐约出现在天际，后面是一列不太高的山冈，像是一幅中国水墨山水画。我暗自猜想：敦煌大概是来到了。

戈壁千里，平野百里，突然出现一幅水墨山水，敦煌真可谓是一颗明珠了。

果然是敦煌到了。我对敦煌真可以说是"久仰大名，如雷贯耳"了。我在书里读到过敦煌，我听人谈到过敦煌，我也看过不知多少敦煌的绘画和照片。几十年梦寐以求的东西如今一下子看在眼里，印在心中，"相见翻疑梦"，我似乎有点怀疑，这是否是事实了。

到了敦煌却怀疑是在梦中，用这种反差表达自己的欣喜。

敦煌毕竟是真实的。它的样子同我过去看过的照片差不多，这些我都是很熟悉的。此处并没有崇山峻岭，幽篁修竹，有的只不过是几个人合抱不过来的千岁老榆，高高耸入云天的白杨，金碧辉煌的牌楼，开着黄花、红花的花丛。放在别的地方，这一切平常的草木到了沙漠就是明珠，不由得让人思考，有时候位置和环境是很重要的。

也许毫无动人之处；然而放在这里，给人的印象却是沙漠中的一个绿洲，戈壁滩上的一颗明珠，一片淡黄中的一点浓绿，一个不折不扣的世外桃源。

至于千佛洞本身，那真是琳琅满目，美不胜收，五光十色，云蒸霞蔚。无论用多么繁缛华丽的语言文字，不管这样的语言文字有多少，也是无法描绘，无法形容的。这里用得上一句老话了：“只能意会，不能言传。”洞子共有四百多个，大的大到像一座宫殿，小的小到像一个佛龛。几乎每一个洞子里都画着千佛的像。洞子不论大小，墙壁不论宽窄，无不满满地画上了壁画。艺术家好像决不吝惜自己的精力和颜料，决不吝惜自己的光阴和生命，把墙壁上的每一点空间，每一寸的空隙，都填得满满的，多小的地方，他们也决不放过。他们前后共画了一千年，不知流出了多少汗水，不知耗费了多少心血，才给我们留下了这些动人心魄的艺术瑰宝。有的壁画，就暴露在光天化日之下，经过了一千年的风吹、雨打、日晒、沙浸，但彩色却浓郁如新，鲜艳如初。想到我们先人的这些业绩，我们后人感到无比地兴奋、震惊、感激、敬佩，这难道不是很自然的吗？

我们今天看到的是古人智慧和文明的结晶，穿越千年，历经沧桑，我们还能看到如此文明的遗产，当然要说幸运。但同时，我们也该思考，该如何更好地保护和传承这些遗产。

我们走进了洞子，就仿佛走进了久已逝去的古代世界，甚至古代的异域世界；仿佛走进了神话的世界，童话的世界。尽管洞内洞外一点声音都没有，但是看到那些大大小小的雕塑，特别是看到墙上的壁画：人物是那样繁多，场面是那样富丽，颜色是那样鲜艳，技巧是那样纯熟，我们内心里就不禁感到热闹起来。我们仿佛亲眼看到释迦牟尼从兜率天上骑着六牙白象下降人寰，九龙吐水为他洗浴，一下生就走了七步，口中大声宣称："天上天下，唯我独尊。"我们仿佛看到他读书、习艺。他力大无穷，竟把一头大象抛上天空，坠下时把土地砸了一个大坑。我们仿佛看到他射箭，连穿七个箭靶。我们仿佛看到他结婚，看到他出游，在城门外遇到老人、病人、死人与和尚，看到他夜半乘马逾城逃走，看到他剃发出家。我们仿佛看到他修苦行，不吃东西，修了六年，把眼睛修得深如古井。我们又仿佛看到他翻然改变主意，毅然放弃了苦行，吃了农女献上的粥，又恢复了精力，走向菩提树下，同恶魔波旬搏斗，终于成了佛。成佛后到处游行，归示，度子，年届八旬，在双林涅槃。使我们最感兴趣、给我们印象最深的是那许许多多的涅槃的画。释迦牟尼已经逝世，闭着眼睛，右胁向下躺在那里。他身后站着许多和尚和俗人。前排的人已经得了道，对生死漠然置之，脸上毫无表情地站在那里。后排的人，不管是国王，各族人民，还是和尚、尼姑，因为道行不高，尘欲未去，参不透生死之道，都号啕大哭，有的捶胸，有的打头，有的击掌，有的顿足，有的撕发，有的裂衣，有的甚至昏倒在地。我们真仿佛听到哭声震天，看到泪水流地，内心里不禁感到震动。最有趣的是外道六师，他们看到主要敌手已死，高兴得弹琴、奏乐、手舞、足蹈。在盈尺或盈丈的墙壁上，宛然一幅人生哀乐图。这样的宗教画，实际上是人世社会的真实描绘。把千载前的社会现实，栩栩如生地搬到我们今天的眼前来。

在很多洞子里，我们又仿佛走进了西方的极乐世界，所谓净土。在这个世界里，阿弥陀佛巍然坐在正中。在他的头上、脚下、身躯的周围画着极乐世界

里各种生活享受：有妓乐，有舞蹈，有杂技，有饮馔。好像谁都不用担心生活有什么不足，衣来伸手，饭来张口。而且这些饮食和衣服，都用不着人工去制作。到处长着如意神树，树枝子上结满了各种美好的饮食和衣着，要什么，有什么，只须一伸手一张口之劳，所有的愿望就都可以满足了。小孩子们也都兴高采烈，他们快乐得把身躯倒竖起来。到处都是美丽的荷塘和雄伟的殿阁，到处都是快活的游人。这些人同我们这些凡人一样，也过着世俗的生活。他们也结婚。新郎跪在地上，向什么人叩头。新娘却站在那里，羞答答不肯把头抬。许多参加婚礼的客人在大吃大喝。两只鸿雁站在门旁。我早就读过古代结婚时有所谓“奠雁”的礼节，却想不出是什么情景。今天这情景就摆在我眼前，仿佛我也成了婚礼的参加者了。他们也有老死。老人活过四万八千岁以后，自己就走到预先盖好的坟墓里去。家人都跟在他后面，生离死别。虽然也有人磕头涕哭，但是总起来看，脸上的表情却都是平静的、肃穆的，好像认为这是人生规律，无所用其忧戚与哀悼。所有这一切世俗生活的绘画，当然都是用来宣扬一个主题思想：不管在什么样的生活环境中，只要一心念阿弥陀佛，就可以往生净土，享受天福。这当然都是幻想，甚至是欺骗。但是艺术家的态度是认真的，他们的技巧是惊人的。他们仔细地描，小心地画，结果把本是虚无缥缈的东西画得像真实的事物一样，生动活泼地、毫不含糊地展现在我们眼前，让我们对于历史得到感性认识，让我们得到奇特美妙的艺术享受。艺术家可能真正相信这些神话的，但是这对我们是无关重要的,重要的是他们的画。这些画画得充满了热情,而且都取材于现实生活。在世界各国的历史上,所有的神仙和神话,不管是多么离奇荒诞,他们的模特儿总脱离不开人和人生,艺术家通过神仙和神话,让过去的人和人生重现在我们眼前。我们探骊得珠,于愿已足,还有什么可以强求的呢?

上面两段文字,作者驰骋想象,生动描摹,带领我们赏析了精彩的敦煌壁画。赏析绘画艺术,需要这样的想象力,不断思考;阅读文学也要如此。

最使我吃惊的是一件小事:在这富丽堂皇的极乐世界中,在巍峨雄伟的楼台殿阁里,却忽然出现了一只小小的老鼠,鼓着眼睛,尖着尾巴,用警惕狡诈的目光向四下里搜寻窥视,好像见了人要逃窜的样子。我很不理解,为什么艺术家偏偏在这个庄严神圣的净土里画上一只老鼠。难道他们认为,即使在净土中,四害也是难免的吗?难道他们有意给这万人向往的净土开上一个小小的玩笑吗?难道他们有意表示即使是净土也不是百分之百地纯洁吗?我们大家都不理解,经过推敲与讨论,仍然是不理解。但是我们都很感兴趣,认为这位艺术家很有勇气,决不因循抄袭,决不搞本本主义,他敢于石破天惊地去创造。我们对他都表示敬意。

在许多洞子里,我们还看到了许多经变,什么法华经变,楞伽经变,金光明经变,如此等等。艺术家把经中的许多章节,不是根据经文,而是根据变文,用绘画的形式表现出来。在这些经变里,法华经普门品似乎是最受欢迎的一品。普门品说,谁要是一心称观世音菩萨的名,入大火,大火不能烧;入大水,大水不能漂;入海求宝遇到黑风,船飘堕罗刹国,可以解脱罗刹之难;遭迫害临刑,刑刀段段坏;女子求生男孩,就可以生福德智慧之男;求生女孩,就可以

生端正有相之女。总之,威灵显赫,有求必应。画上最多的是临刑刀寸寸断的情景。这似乎是最能形象地表现观音菩萨的法力的一个题材。但是我们也可以看到许多描绘人民生活和生产的情景。一个农民赶着耕牛去耕地。许多小手工业者坐在那里制作什么东西。人们在家里面安静地宴客。人们在花园中游乐。人们到灞桥去送别亲友,折杨柳为赠。我曾在不知多少唐诗中读到这情景,今天才第一次在绘画上看到。最有意思的、最耐人寻味的是许多绘画,画的是人们大便的情景,刷牙的情景,据我所知道的,在世界各国任何时代的任何绘画中都难找到这样的绘画。这好像也成了绘画的禁区。然而我们的艺术家却有勇气冲破这不成文而事实上却存在的禁区,把这种细微并不那么太雅观的情景画给我们看。除了佩服以外,我还能说些什么呢?

此外,描绘舞蹈的场面和杂技的场面,也是非常动人的。一支支乐队,一个个乐工,手中执着各种各样的乐器,什么箫、笛、筝、琴、箜篌、排箫、阮咸、琵琶,还有尺八,神情是这样逼真,人物是这样细致,我们耳中仿佛能听到各种乐器和谐的弹奏声,静静的洞子一时喧阗起来。舞蹈的场面也很动人。男女舞人,翩翩起舞,有人甩着长大的袖子,有人动作非常强烈,所谓“胡旋舞”大概就是这个样子吧。我们看到的虽然不是真正舞蹈,而只是绘画,但是我们也恍然感到“观者如山色沮丧,天地为之久低昂。如羿射九日落,矫如群帝骖龙翔,来如雷霆收震怒,罢如江海凝清光”。至于杂技,更是动人心魄。一个演员站在那里,头上顶着长竿,竿顶上站着一个人,人头顶

文化的发展是一个层加累积的过程,旧的内容形式被新的取代,新的内容形式覆盖旧的。这需要创造者不墨守成规,有勇气突破禁区。作者描写让他吃惊的和佩服的画面,其实是向我们展现敦煌艺术家的这种与众不同的创新和勇气。这值得我们在很多领域借鉴。

上还站着一个小孩子。看那摇摇欲坠的样子,我们不禁为画上的古人担忧起来。然而,不要怕,两旁还站着两个人哩。他们好像是为了防备万一而站在那里。虽然都戴着纱帽,斯斯文文的,看来好像也蛮有把握,我们可以放心了。前面坐着一些人,这大概就是观众。画面上人数不算多,但看上去却热闹得很。在古代文化交流中,音乐、舞蹈和杂技,好像是占着突出的地位。在新疆的许多千佛洞中,这样的场面也是随时可见的。

观天池

长白山天池真可谓“大名垂宇宙”矣。我们此次冒酷暑，不远数千里，飞来延吉，如果说有一个确定不移的目的的话，那就是天池。

开门见山，明确此次的目的地就是天池。

我们早晨从延吉出发，长驱二百三十公里，马不停蹄，下午到了长白山下的天池宾馆。我们下车，想先订好房间，然后上山。但是，宾馆的主人却催我们赶快上山，因为此时天气颇为理想，稍纵即逝，缓慢不得，房间他们会给我们保留下来的。

宾馆老板的话是非常有道理的。长白山主峰海拔二千六百九十一米，较五岳之尊雄踞齐鲁大地的泰山还要高一千多米。而天池又正在山巅，气候变化无常。延边大学的校长昨天告诉我，山顶气候一天二十四变。换句话说，也就是一个小时变一次。而实际情况还要比这个快，往往十几分钟就能变一次。原来是丽日悬天，转眼就会白云缭绕，阴霾蔽空。此时晶蓝浩瀚的天池就会隐入云雾之中，多么锐利的眼睛也不会看见了。据说一个什么人，不远万里，来到天池，适逢云雾，在山巅等了三个小时，最终也没能见天池一面，悻悻然而去之，成为终生憾事。

通过他人之口和事例，渲染天池的神秘多变，逗起读者的好奇。

我们听了宾馆主人的话，立即鼓足余勇，驱车登山。开始时在山下看到的是一大片原始森林。据说清代的康熙皇帝认为长白山是满洲龙兴之地，下诏封山，几百年没有开放，因此这一片原始森林得到了最妥善的保护。不但不许砍伐树木，连树木自己倒下，烂掉，也不许人动它一动。到了今天，虽然开放了，树木仍然长得下踞大地，上撑青天，而且是拥拥挤挤，树挨着树，仿佛要长到一起，长成一个树身，说是连兔子都钻不进去，决非夸大之词。里面阔叶、针叶树都有，而且松树为主，挺拔耸峭，葱茏蓊郁，百里林海，无边无际，碧绿之色仿佛染绿了宇宙。

汽车开足了马力，沿着新近修成的盘山公路，勇往直上。在江西庐山是“跃上葱茏四百旋”。但是庐山比起长白山来直如小丘。在这里汽车究竟转了多少弯，至今好像还没有人统计过。我们当然更没有闲心再去数多少弯。但见在相当长的行驶时间内是针阔叶混交的树林。到了大约一千一百米以上，变成了针叶林带。到了一千八百米至二千米的地方，属于针叶的长白松突然消逝，路旁一棵挺起身子的高树都见不到了。一片岳桦林弓着腰背，歪曲扭折，仿佛要匍匐在地上，不敢抬头。尖劲的山风，千万年来，把它们已经制得服服帖帖，趴在地上，勉强苟延残喘，口中好像是自称“奴才”，拜倒在山风脚下连呼“万岁”了。

此时，我们已经升到海拔二千米以上，比泰山的玉皇顶还要高出五六百米。以“爬山虎”著称的北京吉普车，也已累得喘起了粗气。再一看路旁，连跪在地上的岳桦林也一律不见。看到的只有死死抓住石头的青草，还是一片翠绿。但是它们也没有一棵敢向高处长的，都是又矮又粗，低头奋力伏在石头上。

看来长白山狂猛的山风连小草也不放过。小草为了活命，也只有听从山风的命令了。看样子，即使小草这样俯首帖耳，忍辱负重，也还是不行的。再往上不久，石头上光秃秃的，连一根小草的影子再也看不见。大概山风给小草规定下的生命地界已经到了极限。过此往上，一切青色的东西全皆不见。此处是山风独霸的天下，在宇宙间只许自己在这里狂暴肆虐，耀武扬威了。

从松树到桦树，再到小草以及光秃秃的石头，天池险峻的一面得以强化，也更增强它的神秘。

既然山上已一无可看，我们就往山下看看吧。近处是壁立万仞，下临无地，看了令人不由得目眩股栗，赶快把眼光投向远方。大概我们宾主五人都积了善有了余庆。我们都交了好运，天气是无比地晴朗。千里松海，尽收眼底，令人意兴遄飞，心旷神怡。回望背后群山，山背阴处，盛夏犹有积雪。长白山真不愧“长白”之名。

写汽车抛锚的意外，看似闲笔，实则突出见不到天池的急切。

可是，真出我们意想之外，汽车出了毛病，发动机忽然停止工作了，火再也打不着。司机连忙下车，搬来大石块，把车后轮垫牢。否则车一滑坡，必然坠入万丈深谷，则我们和车岂不就成了齑粉了吗？我确定有点慌了起来；但司机却说：汽车患了“高山反应症”，神态自若。我真有点摸不清，他说的究竟是真话，还是笑话？但见他从容不迫，把车上的机器鼓捣了一阵，忽然“砰”的一声，汽车又发动起来了。我的心才又回到腔子里。汽车盘旋上山，皆大欢喜。

真正到了山顶了，我急不可待，立即开门想下车。别人想拦住我，但没有拦得住，连忙给我把制服上衣穿上，车门刚开了一个小缝，一股刺骨的寒风立即狂袭过来。原来山下气温是摄氏三十二三度，而在这里,由于没有寒暑表,不敢乱说,根据我的感觉,恐怕是在十度以下。我原以为是个累赘一点用处也没有的毛衣,这时却成了至宝。我忙忙乱乱地把它穿在制服外面,别人又在我身上蒙上了一件风雨衣。这样一来,上半身勉强对付;但是我头顶上的真正的纱帽却不行了。下面的裤子也陡然薄得如纸。现在能有一件皮袄该多好呀!我浑身抖抖簌簌,被三个年轻人架住双臂,推着背后,踉踉跄跄,向前迈步。山风迅猛,刺入骨髓。别提我有多么狼狈了。有人拍了一张照片,我自己还没有看到。我想,那将是我一生最为可笑的一张照片了。

但是,我的苦难历程还没有完结。我虽然已经站在我渴望已久的天池边上,却还看不到天池,一座不高不低的沙堆挡住了我们的去路。我此时实在已经是精疲力尽,想躺倒在地,不再动弹。但是,渴望了几十年,又冒酷暑不远数千里而来,难道竟能打退堂鼓功亏一篑吗?当然不行!我收集了我的剩勇,在三个年轻人的连推带拉之下,喘着粗气,终于爬上了沙丘。此时,天空虽然黑云未退,蓝色的天池却朗朗然呈现在我的眼前。

啊,天池!毕生梦寐以求,今天终于见到你了。

历经艰辛终于得见天池,作者发自内心的感慨和激动。

天池实际水面高程为二千一百九十四米,最大水深三百七十三米,是我国最高最深的淡水湖。有诗写道:“周回八十里,峭壁立池边。水满疑无地,云低别有天。”池周围屹立着十六座高峰,峰巅直刺青天,恐怕离天连三尺三都不到。时虽盛夏,险峰积雪仍然倒影池面。白雪碧波,相映成趣。山风猎猎,池面为群山所包围,水波不兴,碧平如镜。真是千真万

确的大好风光，我真是不虚此行了。

有趣！用人类现实的行为想象水怪的所作所为。作者有一颗童心！

但是，我一下子就想到了盛名播传四海的天池水怪。在平静的碧波下面，它们此时在干些什么呢？是在操持家务呢？还是在开会？是在制造伪劣商品呢？还是在倒买倒卖？是在打高尔夫球呢？还是在收听奥运会的广播？是在品尝粤菜的生猛海鲜呢？还是在吃我们昨天在延吉吃的生鱼片？……问题一个个像联成串的珍珠，剪不断，理还乱。有人拍了一下我的肩膀，我蓦然醒了过来，觉得自己真仿佛是走了神，入了魔，想入非非，已经非非到可笑的程度了。我擦了擦昏花的老眼：眼前天池如镜，群峰似剑。山风更加猛烈，是应该下山的时候了。

我们辞别了天池，上了车，好像驾云一般，没有多少时间，就回到了山下。顺路参观了著名的长白瀑布，品尝了在温泉中煮熟的鸡蛋，在暮霭四合中，回到了天池宾馆。

吃过晚饭，躺在床上，辗转反侧，无论如何也难以入睡。在朦朦胧胧中，我仿佛走出了宾馆。不知道怎么一来，就到了长白山巅，天池旁边。此时群山如影，万籁俱寂。天池水怪纷纷走出了水面，成堆成堆地游乐嬉戏，或舞蹈，或唱歌，或戏水，或跳跃，一时闹声喧腾，意气飞扬。我听到它们大声讲话：

“你看这人类多么可笑！在普天之下，五湖四海，争名夺利，勾心斗角，胜利了或者失败了，想出来散散心，不远千里，不远万里，冒着生命危险，来到我们这里，瞪大了贪婪罪恶的眼睛，看着天池；其实是想看一眼被他们称为‘天池怪兽’的我们。我们偏偏不露面，白天伏在深水里，一动也不动。看到他们那失望的目光，我们真的开心极了！”

“我们真开心极了！”

“我们真开心极了！”

“万岁！”

“乌拉！”

此时闹声更喧腾了，气氛更热烈了——

“还有人居然想给我们拍照哩！”

“听说已经有人把照片登在报纸上了！”

“这两天又风风火火地谣传：一家电视台悬赏万金，要拍我们的照片哩！”

“真是活见鬼！”

“真是活见鬼！”

“谁要是让他拍了照，我们决定开除他的怪籍，谁说情也不行！”

“万岁！ 万岁！”

“乌拉！ 乌拉！”

此时喧声震天，波涛汹涌。我吓得浑身发抖，不知所措。赶快撒腿就跑，一下子跑到了宾馆的床上。定一定神，才知道自己刚才做了一个梦。

梦也是现实。作者以老顽童之心虚构了水怪的对话，通过对话，我们看到水怪对人类的嘲笑。子虚乌有、煞有介事，往往有特殊的目的，但总有人乐在其中，忽视了更重要的东西。

第二天一大早，我们就在晨光熹微中离开了天池宾馆。临行前，我曾同李铮到原始森林的边缘上去散了散步，稍稍领略了一下原始森林的情趣。抬头望着长白山顶，向天池告别。我相信，我还会回来的。但是，我向天池中的怪兽们宣誓：我绝不会给他们拍照。

第二单元

DI ER DAN YUAN

花木果香

“苏世独立，横而不流兮”，这是屈原《橘颂》中用来写橘树的，但也是自己在混浊世道中保持“独醒”的写照。在“楚辞”的写作中，屈原更是创立了“香草美人”的传统，香花香草成为人格的写照，一枝一叶总关情。更进一步，不光是借草木言志，人们也往往借助自然草木产生哲思，抒发幽情。正如《世说新语》载简文帝入华林园，顾谓左右曰：“会心处不必在远，翳然林水，便自有濠濮间想也。觉鸟兽禽鱼自来亲人。”

季羡林于自然草木便有诸多“会心”，诸多遐想。他感慨荷花旺盛的生命力，同情幽径中紫藤的悲剧，面对二月兰喟叹人生物是人非，看到槐花思考生活中人们的习焉不察。这是一种对自然万物的一往情深。

清塘荷韵

楼前有清塘数亩，记得三十多年前初搬来时，池塘里好像是有荷花的，我的记忆里还残留着一些绿叶红花的碎影。后来时移事迁，岁月流逝，池塘里却变得“半亩方塘一鉴开，天光云影共徘徊”，再也不见什么荷花了。我脑袋里保留的旧的思想意识颇多，每一次望到空荡荡的池塘，总觉得好像缺点什么。这不符合我的审美观念。有池塘就应当有点绿的东西，哪怕是芦苇呢，也比什么都没有强。最好的最理想的当然是荷花。中国旧的诗文中，描写荷花的简直是太多太多了。周敦颐的《爱莲说》读书人不知道的恐怕是绝无仅有的。他那一句有名的“香远益清”是脍炙人口的。几乎可以说，中国没有人不爱荷花的。可我们楼前池塘中独独缺少荷花。每次看到或想到，总觉得是一块心病。

自屈原的“香草美人”开始，草木就与文人有着深厚的渊源。荷花独特的气质更为文人所激赏，所以池中无荷，无怪乎成了作者心病。

有人从湖北来，带来了洪湖的几颗莲子，外壳呈黑色，极硬。据说，如果埋在淤泥中，能够千年不烂。因此，我用铁锤在莲子上砸开了一条缝，让莲芽能够破壳而出，不至永远埋在泥中。这都是一些主观的愿望，莲芽能不能够出，都是极大的未知数。反正我总算是尽了人事，把五六颗敲破的莲子投入池塘中，下面就是听天命了。这样一来，我每天就多了一件工作：到池塘边上去看上几次。心里总是希望，忽然

有一天，“小荷才露尖尖角”，有翠绿的莲叶长出水面。可是，事与愿违，投下去的第一年，一直到秋凉落叶，水面上也没有出现什么东西。经过了寂寞的冬天，到了第二年，春水盈塘、绿柳垂丝，一片旖旎的风光。可是，我翘盼的水面上却仍然没有露出什么荷叶。此时我已经完全灰了心，以为那几颗湖北带来的硬壳莲子，由于人力无法解释的原因，大概不会再有长出荷花的希望了。我的目光无法把荷叶从淤泥中吸出。

两年过去了，莲子纹丝不动，与首段的心病一起，构成作者情感上的一大顿挫。

但是，到了第三年，却忽然出了奇迹。有一天，我忽然发现，在我投莲子的地方长出了几个圆圆的绿叶，虽然颜色极惹人喜爱，但是却细弱单薄，可怜兮兮地平卧在水面上像水浮莲的叶子一样。而且最初只长出了五六个叶片。我总嫌这有点太少，总希望多长出几片来。于是，我盼星星、盼月亮，天天到池塘边上去观望。有校外的农民来捞水草，我总请求他们手下留情，不要碰断叶片。但是经过了漫漫的长夏，凄清的秋天又降临人间，池塘里浮动的仍然只是孤零零的那五六个叶片。对我来说，这又是一个虽微有希望但究竟仍是令人灰心的一年。真正的奇迹出现在第四年上。严冬一过，池塘里又溢满了春水。到了一般荷花长叶的时候，在去年漂浮着五六个叶片的地方，一夜之间，突然长出了一大片绿叶，而且看来荷花在严冬的冰下并没有停止运动，因为在离开原有五六个叶片的那块基地比较远的池塘中心，也长出了叶片。

叶片扩张的速度，扩张范围的广大，都是惊人地快。几天之内，池塘内不小一部分，已经全为绿叶所覆盖。而且原来平卧在水面上的像是水浮莲一样的叶片，不知道是从哪里聚集来了力量，有一些竟然跃出了水面，长成了亭亭的荷叶。原来我心中还迟迟疑疑，怕池中长的是水浮莲，而不是真正的荷花。这样一来，我心中的疑云一扫而光：池塘中生长的真正是洪湖莲花的子孙了。我心中狂喜，这几年总算是没有白等。天地萌生万物，对包括人在内的动、植物等有生命的东西，总是赋予一种极其惊人的求生存的力量和极其惊人的扩展蔓延的力量，这种力量大到无法抗御。只要你肯费力来观察一下，就必然会承认这一点。现在摆在我面前的就是我楼前池塘里的荷花。自从几个勇敢的叶片跃出水面以后，许多叶片接踵而至。一夜之间，就出来了几十枝，而且迅速地扩散、蔓延。不到十几天的工作，荷叶已经蔓延得遮蔽了整个池塘。从我撒种的地方出发，向东西南北四面扩展。我无法知道，荷花是怎样在深水中淤泥里走动。反正从露出水面的荷叶来看，每天至少要走半尺的距离，才能形成眼前这个局面。光长荷叶，当然是不能满足的。

惊喜不期而来，与上文情感形成反差。在荷叶迅速地蔓延中，作者也在感慨生命的力量。

荷花接踵而至，而且据了解荷花的行家说，我门前池塘里的荷花，同燕园其他池塘里的，都不一样。其他地方的荷花，颜色浅红；而我这里的荷花，不但红色浓，而且花瓣多，每一朵花能开出十六个莲瓣，看上去当然就与众不同了。这些红艳耀目的荷花，高高地凌驾于莲叶之上，迎风弄姿，似乎在睥睨一切。幼时读旧诗："毕竟西湖六月中，风光不与四时同。接天莲叶无穷碧，映日荷花别样红。"爱其诗句之美，深恨没有能亲自到杭州西湖去欣赏一番。现

在我门前池塘中呈现的就是那一派西湖景象。是我把西湖从杭州搬到燕园里来了。岂不大快人意也哉！前几年才搬到朗润园来的周一良先生赐名为“季荷”。我觉得很有趣，又非常感激。难道我这个人将以荷而传吗？前年和去年，每当夏月塘荷盛开时，我每天至少有几次徘徊在塘边，坐在石头上，静静地吸吮荷花和荷叶的清香。“蝉噪林愈静，鸟鸣山更幽。”我确实觉得四周静得很。我在一片寂静中，默默地坐在那里，水面上看到的是荷花的绿肥、红肥。

荷花好看，但更重要的是作者赏荷时那份悠然静谧的心境。有时候我们需要把心静下来。

倒影映入水中，风乍起，一片莲瓣堕入水中，它从上面向下落，水中的倒影却是从下边向上落，最后一接触到水面，二者合为一，像小船似的漂在那里。我曾在某一本诗话上读到两句诗：“池花对影落，沙鸟带声飞。”作者深惜第二句对仗不工。这也难怪，像“池花对影落”这样的境界究竟有几个人能参悟透呢？晚上，我们一家人也常常坐在塘边石头上纳凉。有一夜，天空中的月亮又明又亮，把一片银光洒在荷花上。我忽听“扑通”一声。是我的小白波斯猫毛毛扑入水中，她大概是认为水中有白玉盘，想扑上去抓住。她一入水，大概就觉得不对头，连忙矫捷地回到岸上，把月亮的倒影打得支离破碎，好久才恢复了原形。今年夏天，天气异常闷热，而荷花则开得特欢。绿盖擎天，红花映日，把一个不算小的池塘塞得满而又满，几乎连水面都看不到了。一个喜爱荷花的邻居，天天兴致勃勃地数荷花的朵数。今天告诉我，有四五百朵；明天又告诉我，有六七百朵。但是，我虽然知道他为人细致，却不相信他真能数出确实的

因着荷花，荷塘更添情致，尤其是月下。

朵数。

在荷叶底下，石头缝里，旮旮旯旯，不知还隐藏着多少骨朵，都是在岸边难以看到的。粗略估计，今年大概开了将近一千朵。真可以算是洋洋大观了。连日来，天气突然变寒，好像是一下子从夏天转入秋天。池塘里的荷叶虽然仍然是绿油一片，但是看来变成残荷之日也不会太远了。再过一两个月，池水一结冰，连残荷也将消逝得无影无踪。那时荷花大概会在冰下冬眠，做着春天的梦。它们的梦一定能够圆的。“既然冬天到了，春天还会远吗？”我为我的“季荷”祝福。

寒冬将至，荷花、荷叶不见，而荷花会在冰下做着春天的梦。我们的生活也是如此这般，在循环往复中又充满希望。

春满燕园

本文作于1962年，表达对北京大学新面貌、新气象的赞美。

燕园花事渐衰。桃花、杏花早已开谢。一度繁花满枝的榆叶梅现在已经长出了绿油的叶子。连几天前还开得像一团锦绣一样的西府海棠也落英缤纷，残红满地了。丁香虽然还在盛开，灿烂满园，香飘十里；便已显出疲惫的样子。北京的春天本来就是短的，“雨横风狂三月暮，门掩黄昏，无计留春住”。看来春天就要归去了。

开篇写花事凋零，一派暮春残景。难免让人认为作者伤春，然而笔锋一转，写到人们心头的春天，带出下文燕园的“春”。

但人们心头的春天却方在繁荣滋长。这个春天，同在大自然里一样，也是万紫千红、风光旖旎的。但它却比大自然里的春天更美、更可爱、更真实、更持久。郑板桥有两句诗：“闭门只是栽兰竹，留得春光过四时。”我们不栽兰，不种竹：我就把春天栽种在心中，它不但能过今年的四时，而且能过明年、后年不知道多少年的四时，它要常驻在我们心中，成为永恒的春天了。

昨天晚上，我走过校园，四周一片寂静，只有远处的蛙鸣划破深夜的沉寂。黑暗仿佛凝结了起来，能摸得着，捉得住。我走着走着，蓦地看到远处有了灯光，是从一些宿舍的窗子里流出来的，我的心里在一愣，我的眼仿佛有了佛经上叫做天眼通的那种神力，透过墙壁，就看了进去。我看到一位年老的教师在那里伏案苦读。他仿佛正在这写文章，想把几十年的研究心得写下来，丰富我们文化知识的宝库。他又仿佛是在备课，想把第二天要讲的东西整理得更深刻、更生动，让青年学生获得更多的滋养。他也可能是在看青年教师的论文，想给他们提出意见，共同切磋琢磨。他时而低头沉思，时而抬头微笑。对他说来，这时候，除了他自己和眼前的工作以外，宇宙万物都似乎不再存在。他完完全全陶醉于自己的工作中了。

今天早晨，我又走过校园。这时候，晨光初露，晓风未起。浓绿的松柏，淡绿的杨柳，大叶的杨树，小叶的槐树，成行并列，相映成趣。未名湖绿水满盈，不见一条皱纹，宛如一面明镜。还见不到多少人走路，但从绿草湖畔，丁香丛中，杨柳树下，土山高尖却传来阵阵朗诵外语的声音。倾耳细听，俄语、英语、梵语、阿拉伯语等等，依稀可辨。在很多地方，我只是闻声而不见人。但是仅仅从声音里也可以听出那种如饥似渴迫切吸收知识学习技巧的炽热心情。这一群男女大孩子仿佛想把知识像清晨的空气和芬芳的花香那样一口气吸了下去。我走进大学图书馆，又看到一群男女青年挤坐在里面，低头做数学或物理化学的习题。也都是全神贯注，鸦雀无声。

我很自然地把昨天夜里的情景同眼前的情景联系起来。年老的一代是那样，年轻的一代又是这样。还能有比这更动人的情景吗？我心里陡然充满了说不出的喜悦。我仿佛看到春天又回到园中：繁花满枝，一片锦绣。不但已经开过的桃树和杏树又开出了粉红色的花朵，连根本不开花的榆树和杨柳也是满树红花。未名湖中长出了车轮般的莲花。正在开

花的藤萝颜色更显得格外鲜艳。丁香也是精神抖擞，一点也不显得疲惫。总之是万紫千红，春色满园。

老年人、少年人，教师、学生，各自在自己的位置上努力前进，实现人生的春天，确实没有比这更动人的场景了。读完全文，我们才知道，题目中的“春”是自然的春，但又不全是，这永恒的春天更是指人生的春天。

这难道仅仅是我一个人的幻想吗？不是的。这是我心中那个春天的反映。我相信，住在这个园子里的绝大多数的教师和同学心中都有这样一个春天，眼前也都看到这样一个春天。这个春天是不怕时间的。即使到了金风送来，霜林染醉的时候，到了大雪漫天，一片琼瑶的时候，它也会永留在心中，永留园内，它是一个永恒的春天。

幽径悲剧

出家门,向右转,只有二三十步,就走进一条曲径。有二三十年之久,我天天走过这一条路,到办公室去。因为天天见面,也就成了司空见惯,对它有点漠然了。

然而,这一条幽径却是大大有名的。记得在50年代,我在故宫的一个城楼上,参观过一个有关《红楼梦》的展览。我看到由几幅山水画组成的组画,画的就是这一条路。足证这一条路是同这一部伟大的作品有某一些联系的。至于是什么联系,我已经记忆不清。留在我记忆中的只是一点印象:这一条平平常常的路是有来头的,不能等闲视之。

先写司空见惯、有点漠然,再写幽径有来头,不能等闲视之,形成文思上的转折。季羡林先生写文章擅长此法。

这一条路在燕园中是极为幽静的地方。学生们称之为"后湖",他们是很少到这里来的。我上面说它平平常常,这话有点语病,它其实是颇为不平常的。一面傍湖,一面靠山,蜿蜒曲折,实有曲径通幽之趣。山上苍松翠柏,杂树成林。无论春夏秋冬,总有翠色在目。不知名的小花,从春天开起,过一阵换一个颜色,一直开到秋末。到了夏天,山上一团浓绿,人们仿佛是在一片绿雾中穿行。林中小鸟,枝头鸣蝉,仿佛互相应答。秋天,枫叶变红,与苍松翠柏,相映成趣,凄清中又饱含浓烈。几乎让人不辨四时了。

小径另一面是荷塘，引人注目主要是在夏天。此时绿叶接天，红荷映目。仿佛从地下深处爆发出一股无比强烈的生命力，向上，向上，向上，欲与天公试比高，真能使懦者立怯者强，给人以无穷的感染力。

不管是在山上，还是在湖中，一到冬天，当然都有白雪覆盖。在湖中，昔日潋滟的绿波为坚冰所取代。但是在山上，虽然落叶树都把叶子落掉，可是松柏反而更加精神抖擞，绿色更加浓烈，意思是想把其他树木之所失，自己一手弥补过来，非要显示出绿色的威力不行。再加上还有翠竹助威，人们置身其间，决不会感到冬天的萧索了。

这一条神奇的幽径，情况大抵如此。

几段文字交待了幽径不寻常的“神奇”之处，景致优美，更重要的是凸显一种生命的威力。

在所有的这些神奇的东西中，给我印象最深，让我最留恋难忘的是一株古藤萝。藤萝是一种受人喜爱的植物。清代笔记中有不少关于北京藤萝的记述。在古庙中，在名园中，往往都有几棵寿达数百年的藤萝，许多神话故事也往往涉及藤萝。北大现住的燕园，是清代名园，有几棵古老的藤萝，自是意中事。我们最初从城里搬来的时候，还能看到几棵据说是明代传下来的藤萝。每到春天，紫色的花朵开得满棚满架，引得游人和蜜蜂猬集其间，成为春天一景。

但是，根据我个人的评价，在众多的藤萝中，最有特色的还是幽径的这一棵。它既无棚，也无架，而是让自己的枝条攀附在邻近的几棵大树的干和枝上，盘曲而上，大有直上青云之概。因此，从下面看，除了一段苍黑古劲像苍龙般的粗干外，根本看不出

古藤萝如此虬劲旺盛，自然让人顾而乐之。为下文藤萝悲剧张本。

是一株藤萝。每到春天，我走在树下，眼前无藤萝，心中也无藤萝。然而一股幽香蓦地闯入鼻官，嗡嗡的蜜蜂声也袭入耳内，抬头一看，在一团团的绿叶中——根本分不清哪是藤萝叶，哪是其他树的叶子——隐约看到一朵朵紫红色的花，颇有万绿丛中一点红的意味。直到此时，我才清晰地意识到这一棵古藤的存在，顾而乐之了。

经过了史无前例的十年浩劫，不但人遭劫，花木也不能幸免。藤萝们和其他一些古丁香树等等，被异化为“修正主义”，遭到了无情的诛伐。六院前的和红二三楼之间的那两棵著名的古藤，被坚决、彻底、干净、全部地消灭掉。是否也被踏上一千只脚，没有调查研究，不敢瞎说；永世不得翻身，则是铁一般的事实了。

茫茫燕园中，只剩下了幽径的这一棵藤萝了。它成了燕园中藤萝界的鲁殿灵光。每到春天，我在悲愤、惆怅之余，唯一的一点安慰就是幽径中这一棵古藤。每次走在它下面，闻到淡淡的幽香，听到嗡嗡的蜂声，顿觉这个世界还是值得留恋的，人生还不全是荆棘丛。其中情味，只有我一个人知道，不足为外人道也。

人如草木，草木如人，都经历了惨烈的浩劫。长歌当哭，唯有幽径残存的古藤给作者一丝最大的慰藉。

然而，我快乐得太早了。人生毕竟还是一个荆棘丛，决不是到处都盛开着玫瑰花。今年春天，我走过长着这棵古藤的地方，我的眼前一闪，吓了一大跳：古藤那一段原来凌空的虬干，忽然成了吊死鬼，下面被人砍断，只留上段悬在空中，在风中摇曳。再抬头向上看，藤萝初绽出来的一些淡紫的成串的花朵，还在绿叶丛中微笑。它们还没有来得及知道，自

然而这残存的慰藉也惨遭蹂躏，让人一再感慨世事无情。

己赖以生存的树干已经被砍断了，脱离了地面，再没有水分供它们生存了。它们仿佛成了失掉了母亲的孤儿，不久就会微笑不下去，连痛哭也没有地方了。

我是一个没有出息的人。我的感情太多，总是供过于求，经常为一些小动物、小花草惹起万斛闲愁。真正的伟人们是决不会这样的。反过来说，如果他们像我这样的话，也决不能成为伟人。我还有点自知之明，我注定是一个渺小的人，也甘于如此，我甘于为一些小猫小狗小花小草流泪叹气。这一棵古藤的灭亡在我心灵中引起的痛苦，别人是无法理解的。

从此以后，我最爱的这一条幽径，我真有点怕走了。我不敢再看那一段悬在空中的古藤枯干，它真像吊死鬼一般，让我毛骨悚然。非走不行的时候，我就紧闭双眼，疾趋而过。心里数着数：一，二，三，四，一直数到十，我估摸已经走到了小桥的桥头上，吊死鬼不会看到了，我才睁开眼走向前去。此时，我简直是悲哀至极，哪里还有什么闲情逸致来欣赏幽径的情趣呢？

但是，这也不行。眼睛虽闭，但耳朵是关不住的。我隐隐约约听到古藤的哭泣声，细如蚊蝇，却依稀可辨。它在控诉无端被人杀害。它在这里已经待了二三百年，同它所依附的大树一向和睦相处。它虽阅尽人间沧桑，却从无害人之意。每到春天，就以自己的花朵为人间增添美丽。焉知一旦毁于愚氓之手。它感到万分委屈，又投诉无门。它的灵魂死守在这里。每到月白风清之夜，它会走出来显圣的。在大白天，只能偷偷地哭泣。山头的群树、池中的荷

眼不见，耳朵却还能听见。其实耳朵怎么会听见古藤的哭泣。这一夸张，这一放大，突出了古藤遭际的惨烈，也渗透着作者悲伤愤怒之情。

花是对它深表同情的，然而又受到自然的约束，寸步难行，只能无言相对。在茫茫人世中，人们争名于朝，争利于市，哪里有闲心来关怀一棵古藤的生死呢？于是，它只有哭泣，哭泣……

世界上像我这样没有出息的人，大概是不多的。古藤的哭泣声恐怕只有我一个能听到。在浩茫无际的大千世界上，在林林总总的植物中，燕园的这一棵古藤，实在渺小得不能再渺小了。你倘若问一个燕园中人，决不会有任何人注意到这一棵古藤的存在的，决不会有任何人关心它的死亡的，决不会有任何人为之伤心的。偏偏出了我这样一个人，偏偏让我住到这个地方，偏偏让我天天走这一条幽径，偏偏又发生了这样一个小小的悲剧；所有这一些偶然性都集中在一起，压到了我的身上。我自己的性格制造成的这一个十字架，只有我自己来背了。奈何，奈何！

一棵古藤的遭际其实也是人生的写照。古藤在幽径中隐幽无争却也难逃砍伐的命运。作者“渺小”“没有出息”却也历经沧桑。彼此惺惺相惜，所以古藤的伤痛只有作者能够理解。但同时，我们也看到，作者体现出来的一种情怀，这种情怀不是矫情，而是一种悲天悯人的伟大，一种推己及人。若是世人皆如此，哪还有古藤这般的遭遇！

马缨花*

曾经有很长的一段时间，我孤零零一个人住在一个很深的大院子里。从外面走进去，越走越静，自己的脚步声越听越清楚，仿佛从闹市走向深山。等到脚步声成为空谷足音的时候，我住的地方就到了。

院子不小，都是方砖铺地，三面有走廊。天井里遮满了树枝，走到下面，浓荫匝地，清凉蔽体。从房子的气势来看，从梁柱的粗细来看，依稀还可以看出当年的富贵气象。

孤零零的一个人，曾经东厂的阴森凄苦的环境，为马缨花的出场作第一层铺垫。

这富贵气象是有来源的。在几百年前，这里曾经是明朝的东厂。不知道有多少忧国忧民的志士曾在这里被囚禁过，也不知道有多少人在这里受过苦刑，甚至丧掉性命。据说当年的水牢现在还有迹可寻哩。

等到我住进去的时候，富贵气象早已成为陈迹，但是阴森凄苦的气氛却是原封未动。再加上走廊上陈列的那一些汉代的石棺石椁，古代的刻着篆字和隶字的石碑，我一走回这个院子里，就仿佛进入了古墓。这样的环境，这样的气氛，把我的记忆提到几千年前去；有时候我简直就像是生活在历史里，自己俨然成为古人了。

* 本文发表于《光明日报》(1962 年 10 月 1 日)，曾入选 2008 年全国Ⅱ卷现代文阅读。

这样的气氛同我当时的心情是相适应的，我一向又不相信有什么鬼神，所以我住在这里，也还处之泰然。

但是也有紧张不泰然的时候。往往在半夜里，我突然听到推门的声音，声音很大，很强烈。我不得不起来看一看。那时候经常停电，我只能在黑暗中摸索着爬起来，摸索着找门，摸索着走出去。院子里一片浓黑，什么东西也看不见，连树影子也仿佛同黑暗粘在一起，一点都分辨不出来。我只听到大香椿树上有一阵窸窸窣窣的声音，然后咪噢的一声，有两只小电灯似的眼睛从树枝深处对着我闪闪发光。

这样一个地方，对我那些经常来往的朋友们来说，是不会引起什么好感的。有几位在白天还有兴致来找我谈谈，他们很怕在黄昏时分走进这个院子。万一有事，不得不来，也一定在大门口向工友再三打听，我是否真在家里，然后才有勇气，跋涉过那一个长长的胡同，走过深深的院子，来到我的屋里。有一次，我出门去了，看门的工友没有看见，一位朋友走到我住的那个院子里。在黄昏的微光中，只见一地树影，满院石棺，我那小窗上却没有灯光。他的腿立刻抖了起来，费了好大力量，才拖着它们走了出去。第二天我们见面时，谈到这点经历，两人相对大笑。

再写我也有紧张不泰然的时候，以及朋友的恐惧，为马缨花的出场作第二层铺垫。

我是不是也有孤寂之感呢？应该说是有的。当时正是“万家墨面没蒿莱”的时代，北京城一片黑暗。白天在学校里的时候，同青年同学在一起，从他们那蓬蓬勃勃的斗争意志和生命活力里，还可以汲取一些力量和快乐，精神十分振奋。但是，一到晚上，当我孤零一个人走回这个所谓家的时候，我仿佛遗世

鲁迅诗：“万家墨面没蒿莱，敢有歌吟动地哀。心事浩茫连广宇，于无声处听惊雷。”此句描写农民的苦难生活。衣衫褴褛，面色苍黧，出没荒草，艰难度日。墨：黑色，借指穷人。没，读 mó，藏、匿的意思。蒿莱，野草丛。

而独立。没有人声，没有电灯，没有一点活气。在煤油灯的微光中，我只看到自己那高得、大得、黑得惊人的身影在四面的墙壁上晃动，仿佛是有个巨灵来到我的屋内。寂寞像毒蛇似的偷偷地袭来，折磨着我，使我无所逃于天地之间。

在这样无可奈何的时候，有一天，在傍晚的时候，我从外面一走进那个院子，蓦地闻到一股似浓似淡的香气。我抬头一看，原来是遮满院子的马缨花开花了。在这以前，我知道这些树都是马缨花；但是我却没有十分注意它们。今天它们用自己的香气告诉了我它们的存在。这对我似乎是一件新事。我不由得就站在树下，仰头观望：细碎的叶子密密地搭成了一座天棚，天棚上面是一层粉红色的细丝般的花瓣，远处望去，就像是绿云层上浮上了一团团的红雾。香气就是从这一片绿云里洒下来的，洒满了整个院子，洒满了我的全身，使我仿佛游泳在香海里。

花开也是常有的事，开花有香气更是司空见惯。但是，在这样一个时候，这样一个地方，有这样的花，有这样的香，我就觉得很不寻常；有花香慰我寂寥，我甚至有一些近乎感激的心情了。

此时此地，无可奈何，百般寂寥，闻到马缨花的香，看到马缨花的美丽，给了作者最大的慰藉。所谓一枝一叶总关情。

从此，我就爱上了马缨花，把它当成了自己的知心朋友。

北京终于解放了。1949 年的 10 月 1 日给全中国带来了光明与希望，给全世界带来了光明与希望。这一个具有重大意义的日子在我的生命里划上了一道鸿沟，我仿佛重新获得了生命。可惜不久我就搬出了那个院子，同那些可爱的马缨花告别了。

时间也过得真快，到现在，才一转眼的工夫，已经过去了十三年。这十三年是我生命史上最重要、最充实、最有意义的十三年。我看了许多新东西,学习了很多新东西,走了很多新地方。我当然也看了很多奇花异草。我曾在亚洲大陆最南端科摩林海角看到高凌霄汉的巨树上开着大朵的红花;我曾在缅甸的避暑胜地东枝看到开满了小花园的火红照眼的不知名的花朵;我也曾在塔什干看到长得像小树般的玫瑰花。这些花都是异常美妙动人的。

然而使我深深地怀念的却仍然是那些平凡的马缨花,我是多么想见到它们呀!

欣赏过许多异常美妙的奇花异草,作者偏偏怀念平凡的马缨花,在对比中凸显马缨花在作者心中的地位。对作者而言,马缨花已经内化为他心灵乃至血液中的一部分。

最近几年来,北京的马缨花似乎多起来了。在公园里,在马路旁边,在大旅馆的前面,在草坪里,都可以看到新栽种的马缨花。细碎的叶子密密地搭成了一座座的天棚,天棚上面是一层粉红色的细丝般的花瓣。远处望去,就像是绿云层上浮上了一团团的红雾。这绿云红雾飘满了北京,衬上红墙、黄瓦,给人民的首都增添了绚丽与芬芳。

我十分高兴,我仿佛是见了久别重逢的老友。但是,我却隐隐约约地感觉到,这些马缨花同我回忆中的那些很不相同。叶子仍然是那样的叶子,花也仍然是那样的花;在短短的十几年以内,它决不会变了种。它们不同之处究竟何在呢?

我最初确实是有些困惑,左思右想,只是无法解释。后来,我扩大了我回忆的范围,不把回忆死死地拴在马缨花上面,而是把当时所有同我有关的事物都包括在里面。不管我是怎样喜欢院子里那些马缨花,不管我是怎样爱回忆它们,回忆的范围一扩大,同它们联系在一起的不是黄昏,就是夜雨,否则就是

迷离凄苦的梦境。我好像是在那些可爱的马缨花上面从来没有见到哪怕是一点点阳光。

> 再见到马缨花作者隐隐有些困惑。仔细比较,原来过去的马缨花总处在一种迷离凄苦的境地中,而现在却总在光天化日下。小小的花朵中隐含了时代社会的大变迁,也透出作者往前看的积极乐观的生活态度。

然而,今天摆在我眼前的这些马缨花,却仿佛总是在光天化日之下。即使是在黄昏时候,在深夜里,我看到它们,它们也仿佛是生气勃勃,同浴在阳光里一样。它们仿佛想同灯光竞赛,同明月争辉。同我回忆里的那些马缨花比起来,一个是照相的底片,一个是洗好的照片;一个是影,一个是光。影中的马缨花也许是值得留恋的,但是光中的马缨花不是更可爱吗?

我从此就爱上了这光中的马缨花,而且我也爱藏在我心中的这一个光与影的对比。它能告诉我很多事情,带给我无穷无尽的力量,送给我无限的温暖与幸福;它也能促使我前进。我愿意马缨花永远在这光中含笑怒放。

二月兰

转眼,不知怎样一来,整个燕园竟成了二月兰的天下。

二月兰是一种常见的野花。花朵不大,紫白相间。花形和颜色都没有什么特异之处。如果只有一两棵,在百花丛中,决不会引起任何人的注意。但是它却以多胜,每到春天,和风一吹拂,便绽开了小花;最初只有一朵,两朵,几朵。但是一转眼,在一夜间,就能变成百朵,千朵,万朵。大有凌驾百花之上的势头了。

我在燕园里已经住了四十多年。最初我并没有特别注意到这种小花。直到前年,也许正是二月兰开花的大年,我蓦地发现,从我住的楼旁小土山开始,走遍了全园,眼光所到之处,无不有二月兰在。宅旁,篱下,林中,山头,土坡,湖边,只要有空隙的地方,都是一团紫气,间以白雾,小花开得淋漓尽致,气势非凡,紫气直冲云霄,连宇宙都仿佛变成紫色的了。

第一次出现"连宇宙都仿佛变成紫色的了"。二月兰平凡,然而以多取胜,悄无声息地开得淋漓尽致,不仅让人感慨平常事物生命力的旺盛。

我在迷离恍惚中,忽然发现二月兰爬上了树,有的已经爬上了树顶,有的正在努力攀登,连喘气的声音似乎都能听到。我这一惊可真不小:莫非二月兰真成了精了吗?再定睛一看,原来是二月兰丛中的一些藤萝,也正在开着花,花的颜色同二月兰一模一

样，所差的就仅仅只缺少那一团白雾。我实在觉得我这个幻觉非常有趣。带着清醒的意识，我仔细观察起来：除了花形之外，颜色真是一般无二。反正我知道了这是两种植物，心里有了底，然而再一转眼，我仍然看到二月兰往枝头爬。这是真的呢？还是幻觉？一由它去吧。

自从意识到二月兰存在以后，一些同二月兰有联系的回忆立即涌上心头。原来很少想到的或根本没有想到的事情，现在想到了；原来认为十分平常的琐事，现在显得十分不平常了。我一下子清晰地意识到，原来这种十分平凡的野花竟在我的生命中占有这样重要的地位。我自己也有点吃惊了。

我回忆的丝缕是从楼旁的小土山开始的。这一座小土山，最初毫无惊人之处，只不过二三米高，上面长满了野草。当年歪风狂吹时，每次“打扫卫生”，全楼住的人都被召唤出来拔草，不是“绿化”，而是“黄化”。我每次都在心中暗恨这小山野草之多。后来不知由于什么原因，把山堆高了一两米。这样一来，山就颇有一点山势了。东头的苍松，西头的翠柏，都仿佛恢复了青春，一年四季，郁郁葱葱。中间一棵榆树，从树龄来看，只能算是松柏的曾孙，然而也枝干繁茂，高枝直刺入蔚蓝的晴空。

我不记得从什么时候起我注意到小山上的二月兰。这种野花开花大概也有大年小年之别的。碰到小年，只在小山前后稀疏地开上那么几片。遇到大年，则山前山后开成大片。二月兰仿佛发了狂。我们常讲什么什么花“怒放”，这个“怒”字用得真是无比地奇妙。二月兰一“怒”，仿佛从土地深处吸来一股原始力量，一定要把花开遍大千世界，紫气直冲云霄，连宇宙都仿佛变成紫色的了。

东坡的词说：“月有阴晴圆缺，人有悲欢离合，此事古难全。”但是花们好像是没有什么悲欢离合。应该开时，它们就开；该消失时，它们就消失。它们是“纵浪大化中”，一切顺其自然，自己无所谓什么悲与喜。我的二月兰就是这个样子。

然而，人这个万物之灵却偏偏有了感情，有了感情就有了悲欢。这真是多此一举，然而没有法子。人自己多情，又把情移到花，“泪眼问花花不语”，花当然“不语”了。如果花真“语”起来，岂不吓坏了人！这些道理我十分明白。然而我仍然把自己的悲欢挂到了二月兰上。

当年老祖还活着的时候，每到春天二月兰开花的时候，她往往拿一把小铲，带一个黑书包，到成片的二月兰旁青草丛里去搜挖荠菜。只要看到她的身影在二月兰的紫雾里晃动，我就知道在午餐或晚餐的餐桌上必然弥漫着荠菜馄饨的清香。当婉如还活着的时候，她每次回家，只要二月兰正在开花，她离开时，总要穿过左手是二月兰的紫雾，右手是湖畔垂柳的绿烟，匆匆忙忙走去，把我的目光一直带到湖对岸的拐弯处。当小保姆杨莹还在我家时，她也同小山和二月兰结上了缘。我曾套宋词写过三句话：“午静携侣寻野菜，黄昏抱猫向夕阳，当时只道是寻常。”我的小猫虎子和咪咪还在世的时候，我也往往在二月兰丛里看到她们：一黑一白，在紫色中格外显眼。

所有这些琐事都是寻常到不能再寻常了。然而，曾几何时，到了今天，老祖和婉如已经永远永远

第二次出现“连宇宙都仿佛变成紫色的了”。二月兰引发作者的回忆，这时作者才发现，这平常的事物早在自己的生命中占据了重要位置。当时只道是寻常，生命就是这样，平凡琐碎的沉淀往往也会聚沙成塔，成为重要伟大的东西。

老祖，季羡林的婶母。

季婉如（1933—1992），季羡林之女，国家核工业部的高级工程师。

地离开了我们。小莹也回了山东老家。至于虎子和咪咪也各自遵循猫的规律，不知钻到了燕园中哪一个幽暗的角落里，等待死亡的到来。老祖和婉如的走，把我的心都带走了。虎子和咪咪我也忆念难忘。如今，天地虽宽，阳光虽照样普照，我却感到无边的寂寥与凄凉。回忆这些往事，如云如烟，原来是近在眼前，如今却如蓬莱灵山，可望而不可即了。

对于我这样的心情和我的一切遭遇，我的二月兰一点也无动于衷，照样自己开花。今年又是二月兰开花的大年。在校园里，眼光所到之处，无不有二月兰在。宅旁，篱下，林中，山头，土坡，湖边，只要有空隙的地方，都是一团紫气，间以白雾，小花开得淋漓尽致，气势非凡，紫气直冲霄汉，连宇宙都仿佛变成紫色的了。

第三次出现“连宇宙都仿佛变成紫色的了”。唐诗言：人面不知何处去，桃花依旧笑春风。又言：人生代代无穷已，江月年年只相似。自然永恒，人事变迁，物是人非，总会给人带来无穷的感叹。

这一切都告诉我，二月兰是不会变的，世事沧桑，于它如浮云。然而我却是在变的，月月变，年年变。我想以不变应万变，然而办不到。我想学习二月兰，然而办不到。不但如此，它还硬把我的记忆牵回到我一生最倒霉的时候。在十年浩劫中，我自己跳出来反对北大那一位“老佛爷”，被抄家，被打成了“反革命”。正是在二月兰开花的时候，我被管制劳动改造。有很长一段时间，我每天到一个地方去捡破砖碎瓦，还随时准备着被红卫兵押解到什么地方去“批斗”，坐喷气式，还要挨上一顿揍，打得鼻青脸肿。可是在砖瓦缝里二月兰依然开放，怡然自得，笑对春风，好像是在嘲笑我。

我当时日子实在非常难过。我知道正义是在自己手中，可是是非颠倒，人妖难分，我呼天天不应，叫地地不答，一腔义愤，满腹委屈，毫无人生之趣。在很长一段时间内，我成了“不可接触者”，几年没接到过一封信，很少有人敢同我打个招呼。我虽处人世，实为异类。

然而我一回到家里，老祖、德华她们，在每人每月只能得到恩赐十几元钱生活费的情况下，殚思竭虑，弄一点好吃的东西，希望能给我增加点营养；更重要的恐怕还是，希望能给我增添点生趣。婉如和延宗也尽可能地多回家来。我的小猫憨态可掬，偎依在我的身旁。她们不懂哲学，分不清两类不同性质的矛盾。人视我为异类，她们视我为好友，从来没有表态，要同我划清界限。所有这一些极其平常的琐事，都给我带来了无量的安慰。窗外尽管千里冰封，室内却是暖气融融。我觉得，在世态炎凉中，还有不炎凉者在。这一点暖气支撑着我，走过了人生最艰难的一段路，没有堕入深涧，一直到今天。

德华，即季羡林之妻彭德华。1929 年与季羡林结为夫妻。

延宗，即季承。季羡林之子。

我感觉到悲，又感觉到欢。

到了今天，天运转动，否极泰来，不知怎么一来，我一下子成为“极可接触者”，到处听到的是美好的言词，到处见到的是和悦的笑容。我从内心里感激我这些新老朋友，他们绝对是真诚的。他们鼓励了我，他们启发了我。然而，一回到家里，虽然德华还在，延宗还在，可我的老祖到哪里去了呢？我的婉如到哪里去了呢？还有我的虎子和咪咪一世到哪里去了呢？世界虽照样朗朗，阳光虽照样明媚，我却感觉异样的寂寞与凄凉。

我感觉到欢，不感觉到悲。

我年届耄耋，前面的路有限了。几年前，我写过

一篇短文,叫《老猫》,意思很简明,我一生有个特点:不愿意麻烦人。了解我的人都承认。难道到了人生最后一段路上我就要改变这个特点吗?不,不,不想改变。我真想学一学老猫,到了大限来临时,钻到一个幽暗的角落里,一个人悄悄地离开人世。

这话又扯远了。我并不认为眼前就有制定行动计划的必要。我还有很多事情要做,而且我的健康情况也允许我去做。有一位青年朋友说我忘记了自己的年龄。这话极有道理。可我并没有全忘。有一个问题我还想弄弄清楚哩。按说我早已到了"悲欢离合总无情"的年龄,应该超脱一点了。然而在离开这个世界以前,我还有一件心事:我想弄清楚,什么叫"悲",什么又叫"欢"?是我成为"不可接触者"时悲呢,还是成为"极可接触者"时欢?如果没有老祖和婉如的逝世,这问题本来是一清二白的,现在却是悲欢难以分辨了。我想得到答复。我走上了每天必登临几次的小山,我问苍松,苍松不语;我问翠柏,翠柏不答。

借助三次"连宇宙都仿佛变成紫色的了",文章的意思不断层层递进。从自然的二月兰,到引发的回忆,再到感叹"无情最是二月兰",在沧桑的人生经历中,透出作者对人生的一丝感伤,但更多的却是一种人生的豁达和通脱。

我问三十多年来亲眼目睹我这些悲欢离合的二月兰,它也沉默不语,兀自万朵怒放,笑对春风,紫气直冲霄汉。

洛阳牡丹

“洛阳牡丹甲天下。”这一句在中国流行了千百年的话,我是相信的,我是承认的,但是,我以前从没有意识到这一句话的真正含义,自己并没有完全了解。

牡丹,我看得多了。在我的故乡,我看到过。在北京的许多地方,特别是法源寺和颐和园,我也看到过。牡丹花朵之大、之美,花色品种之多,确实使我惊诧不已。我觉得,唐人咏牡丹的名句“国色朝酣酒,天香夜染衣”,约略可以概括。牡丹被尊为花中之王,是当之无愧的。

但是,什么叫“国色”?什么又叫“天香”?我的理解介于明暗之间。

见过很多地方的牡丹,也懂得牡丹的地位,但却不明白为什么牡丹是花中之王,为什么“洛阳牡丹甲天下”,开头抛出一个小小的包袱,带动下文。

今年4月中旬,应洛阳北京大学校友会的邀请,我第一次到了洛阳这座“牡丹之城”。此时正是洛阳牡丹花会举行期间。今年因为气候偏冷,我们初到的第一天,连大马路旁开得最早的“洛阳红”,都没有全开放。焉知天公作美,到了第二天竟然晴空万里,阳光普照,仿佛那位大名鼎鼎的金轮圣神皇帝武则天又突然降临人间,下诏牡丹在一夜之间必须开放,不但“洛阳红”开得火红火红,连公园里那些比较名贵的品种也都如从梦中醒来一般,打起精神,迎着朝阳,一一开放。

我们当然都不禁狂喜,在感谢天公之余,在忙着参观白马寺、少林寺、中岳庙和龙门石窟之余,挤出了早晨的时间,来到了牡丹最集中的地方王城公园,欣赏“甲天下”的洛阳牡丹。不看不知道,一看吓一跳。洛阳牡丹原来是这个样子呀！光看花名,就是几十上百种,个个美妙非凡,诗意盎然,我记也记不住。花的形体和颜色也各不相同,直看得我眼花缭乱,目迷五色。我想到神话里面的百花仙子,我想到《聊斋志异》里面变成美女的牡丹花神,一时搔首无言,不知道说什么好。昨天夜里,我想到今天要来看牡丹,想了半天,把我脑海里积累了几十年的词藻宝库,翻箱倒柜,旁搜苦索,想今天面对洛阳牡丹大展文才,把牡丹好好地描绘一番。我真希望我的笔能够生花,产生奇迹,写出一篇名文,使天下震惊,然而,到了此时此地,面对着迎风怒放的牡丹,却一点词儿也没有了。我的“才”耗尽了,一点儿也挤不出来了。我想,坐对这样的牡丹,对画家来说,名花的意态是画不出来的;对摄影家来说,是照不出来的;对作家来说,是写不出来的。我什么家都不是,更是手足无措了。

写洛阳牡丹,不作正面描写,侧重写自己的主观感受。而这主观感受却是无以言表的。所谓情到深处无言,“执手相看无语,竟无语凝噎”大约也是这样一种味道吧。但不说不代表真的“不说”,无法说出牡丹的美好,不正是对牡丹最大的褒奖吗?

《世说新语·任诞》第二十三章有一段话:“桓子野每闻清歌,辄唤‘奈何’！谢公闻之曰:‘子野可谓一往有深情。’”

我对牡丹花真是一往情深。我觉得,值此时机最好的方法就是喊上几声:“奈何！奈何！”

洛阳人民有福了,中国人民有福了。在林林总总全世界的无数民族中,造物主——假如真有这么一个玩意儿的话,独独垂青于我们中华民族,把牡丹这种奇特而无与伦比的名花创造在神州大地上，洛阳人和全中国的人难道不应该感到骄傲、感到幸福吗？在王城公园拥拥挤挤围观牡丹的千万人中，有中国人，其中包括洛阳人，也有外国人，个个脸上都流露出兴奋幸福的神情，看来世界上一切美好的东西，都既是民族的，又是全人类的。牡丹也是如此。在洛阳，在中国的洛阳，坐对迎风怒放的牡丹，我不应该只说：洛阳人民有福了，中国人民有福了，而应该说，全世界人民都有福了。

我觉得，我现在方才了解了“洛阳牡丹甲天下”这一句话的真正含义。

结尾呼应开头的疑惑。牡丹雍容富贵，而且只产生在神州大地，所以是“甲天下”，但美好的东西是属于所有人和全世界的，我们又都应该感谢造物主的恩赐。

神奇的丝瓜

相比玉兰、月季，丝瓜不甚起眼，然而引起作者注意的恰恰是丝瓜，也算是丝瓜的神奇之处吧。

今年春天，孩子们在房前空地上，斩草挖土，开辟出来了一个一丈见方的小花园。周围用竹竿扎了一个篱笆，移来了一棵玉兰花树，栽上了几株月季花，又在竹篱下面随意种上了几棵扁豆和两棵丝瓜。土壤并不肥沃，虽然也铺上了一层河泥，但估计不会起很大的作用，大家不过是玩玩而已。

过了不久，丝瓜竟然长了出来，而且日益茁壮、长大。这当然增加了我们的兴趣。但是我们也并没有过高的期望。我自己每天早晨工作疲倦了，常到屋旁的小土山上走一走，站一站，看看墙外马路上的车水马龙和亚运会招展的彩旗，顾而乐之，只不过顺便看一看丝瓜罢了。

写丝瓜叶的神奇。

丝瓜是普通的植物，我也并没有想到会有什么神奇之处。可是忽然有一天，我发现丝瓜秧爬出了篱笆，爬上了楼墙。以后，每天看丝瓜，总比前一天向楼上爬了一大段；最后竟从一楼爬上了二楼，又从二楼爬上了三楼。说它每天长出半尺，决非夸大之词。丝瓜的秧不过像细绳一般粗，如不注意，连它的根在什么地方，都找不到。这样细的一根秧竟能在一夜之间输送这样多的水分和养料，供应前方，使得上面的叶子长得又肥又绿，爬在灰白色的墙上，一片浓绿，给土墙增添了无量活力与生机。

这当然让我感到很惊奇，我的兴趣随之大大地提高。每天早晨看丝瓜成了我的主要任务，爬小山反而成为次要的了。我往往注视着细细的瓜秧和浓绿的瓜叶，陷入沉思，想得很远，很远……

又过了几天，丝瓜开出了黄花。再过几天，有的黄花就变成了小小的绿色的瓜。瓜越长越长，越长越长，重量当然也越来越增加，最初长出的那一个小瓜竟把瓜秧坠下来了一点，直挺挺地悬垂在空中，随风摇摆。我真是替它担心，生怕它经不住这一份重量，会整个地从楼上坠了下来落到地上。

转入写丝瓜花和果的神奇。

然而不久就证明了，我这种担心是多余的。最初长出来的瓜不再长大，仿佛得到命令停止了生长。在上面，在三楼一位一百零二岁的老太太的窗外窗台上，却长出来两个瓜。这两个瓜后来居上，发疯似的猛长，不久就长成了小孩胳膊一般粗了。这两个瓜加起来恐怕有五六斤重，那一根细秧怎么能承担得住呢？我又担心起来。没过几天，事实又证明了我是杞人忧天。两个瓜不知从什么时候忽然弯了起来，把躯体放在老太太的窗台上，从下面看上去，活像两个粗大弯曲的绿色牛角。

不知道从哪一天起，我忽然又发现，在两个大瓜的下面，在二三楼之间，在一根细秧的顶端，又长出来了一个瓜，垂直地悬在那里。我又犯了担心病：这个瓜上面够不到窗台，下面也是空空的；总有一天，它越长越大，会把上面的两个大瓜也坠了下来，一起坠到地上，落叶归根，同它的根部聚合在一起。

然而今天早晨，我却看到了奇迹。同往日一样，我习惯地抬头看瓜：下面最小的那一个早已停止生

长,孤零零地悬在空中,似乎一点分量都没有;上面老太太窗台上那两个大的,似乎长得更大了,威武雄壮地压在窗台上;中间的那一个却不见了。我看看地上,没有看到掉下来的瓜。等我倒退几步抬头再看时,却看到那一个我认为失踪了的瓜,平着身子躺在抗震加固时筑上的紧靠楼墙凸出的一个台子上。这真让我大吃一惊。这样一个原来垂直悬在空中的瓜怎么忽然平身躺在那里了呢?这个凸出的台子无论是从上面还是从下面都是无法上去的,决不会有人把丝瓜摆平的。

丝瓜的神奇总伴随着作者的担心,为什么?因为这样柔软的枝蔓何以承担丝瓜的重量?柔软是一种坚韧,坚韧就成了一种力量。

我百思不得其解,徘徊在丝瓜下面,像达摩老祖一样,面壁参禅。我仿佛觉得这棵丝瓜有了思想,它能考虑问题,而且还有行动,它能让无法承担重量的瓜停止生长;它能给处在有利地形的大瓜找到承担重量的地方,给这样的瓜特殊待遇,让它们疯狂地长;它能让悬垂的瓜平身躺下。如果不是这样的话,无论如何也无法解释我上面谈到的现象。但是,如果真是这样的话,又实在令人难以置信。丝瓜用什么来思想呢?丝瓜靠什么来指导自己的行动呢?上下数千年,纵横几万里,从来也没有人说过,丝瓜会有思想。我左考虑,右考虑;越考虑越糊涂。我无法同丝瓜对话,这是一个沉默的奇迹。瓜秧仿佛成了一根神秘的绳子,绿叶上照旧浓翠扑人眉宇。我站在丝瓜下面,陷入梦幻。而丝瓜则似乎心中有数,无言静观,它怡然泰然悠然坦然,仿佛含笑面对秋阳。

丝瓜开花结果,再正常不过,作者是否有些矫情?但静照自然,亦可作为镜子反思自我,反思人生。作者面对丝瓜,喟叹其“神奇”,其实无非是从自然的平凡事物中发现了生命的伟大,发现了沉默的奇迹背后的力量。我们有时候需要这样的一种对身边事物的多愁善感,如此,我们才能不断思考上进。

枸杞树

在不经意的时候，一转眼便会有一棵苍老的枸杞树的影子飘过。这使我困惑。最先是去追忆：什么地方我曾看见这样一棵苍老的枸杞树呢？是在某处的山里吗？是在另一个地方的一个花园里吗？但是，都不像。最后，我想到才到北平时住的那个公寓；于是我想到这棵苍老的枸杞树。

时过境迁，苍老的枸杞树的影子还在脑海中飘过，可见枸杞树之于作者的重要性。

我现在还能很清晰地温习一些事情：我记得初次到北平时，在前门下了火车以后，这古老都市的影子，便像一个秤锤，沉重地压在我的心上。我迷惘地上了一辆洋车，跟着木屋似的电车向北跑。远处是红的墙，黄的瓦。我是初次看到电车的；我想，“电”不是很危险吗？后面的电车上的脚铃响了；我坐的洋车仍然在前面悠然地跑着。我感到焦急，同时，我的眼仍然“如入山阴道上，应接不暇”，我仍然看到，红的墙，黄的瓦。终于，在焦急、又因为初踏入一个新的境地而生的迷惘的心情下，折过了不知多少满填着黑土的小胡同以后，我被拖到西城的某一个公寓里去了。我仍然非常迷惘而有点儿近于慌张，眼前的一切都仿佛给一层轻烟笼罩起来似的。我看不清院子里有什么东西，我甚至也没有看清我住的小屋。黑夜跟着来了，我便糊里糊涂地睡下去，做了许许多多离奇古怪的梦。

虽然做了梦，但是却没有能睡得很熟。刚看到窗上有点儿发白，我就起来了。因为心比较安定了一点儿，我才开始看得清楚：我住的是北屋，屋前的小院里，有不算小的一缸荷花，四周错落地摆了几盆杂花。我记得很清楚：这些花里面有一棵仙人头，几天后，还开了很大的一朵白花，但是最惹我注意的，却是靠墙长着的一棵枸杞树，已经长得高过了屋檐，枝干苍老钩曲，像千年的古松，树皮皱着，色是黝黑的，有几处已经开了裂。幼年在故乡的时候，常听人说，枸杞树是长得非常慢的，很难成为一棵树。现在居然有这样一棵虬干的老枸杞树站在我面前，真像梦；梦又掣开了轻渺的网，我这是站在公寓里吗？于是，我问公寓的主人，这枸杞有多大年龄了，他也渺茫：他初次来这里开公寓时，这树就是现在这样，三十年来，没有多少变动。这更使我惊奇，我用惊奇的眼光注视着这苍老的枝干在沉默着，又注视着接连着树顶的蓝蓝的长天。

在作者人生沉重、焦急、迷惘、慌张的时刻，苍老的枸杞树出现了。它使作者感到惊奇，也许就在于它的苍老遒劲给作者的生活注入了力量。

就这样，我每天看书乏了，就总到这棵树底下徘徊。在细弱的枝条上，蜘蛛结了网，间或有一片树叶儿或苍蝇蚊子之流的尸体粘在上面。在有太阳或灯光照上去的时候，这小小的网也会反射出细弱的清光来。倘若再走近一点儿，你又可以看到许多叶上都爬着长长的绿色的虫子，在爬过的叶上留了半圆的缺口。就在这有着缺口的叶片上，你可以看到各样的斑驳陆离的彩痕。对了这彩痕，你可以随便想到什么东西：想到地图，想到水彩画，想到被雨水冲过的墙上的残痕，再玄妙一点儿，想到宇宙，想到有着各种彩色的迷离的梦影。这许许多多的东西，都在这小的叶片上呈现给你。当你想到地图的时候，你可以任意指定一个小的黑点儿，算作你的故乡。再大一点儿的黑点儿，算作你曾游过的湖或山，你不是也可以在你心的深处浮起点儿温热的感觉吗？这苍老的枸杞树就是我的宇宙。不，这叶片就是我的全宇宙。我替它把长长的绿色的虫子拿下来，摔在地上。对着它，我描画着自己种种涂着彩色的幻象。我把我的童稚的幻想，拴在这苍老的枝干上。

枸杞树激发了作者的想象，以至于作者把它当作自己的宇宙，自己生命的全部。

在雨天，牛乳色的轻雾给每件东西涂上一层淡影。这苍黑的枝干更显得黑了。雨住了的时候，有一两个蜗牛在上面悠然地爬着，散步似的从容。蜘蛛网上残留的雨滴，静静地发着光。一条虹从北屋的脊上伸展出去，像拱桥不知伸到什么地方去了。这枸杞的顶尖就正顶着这桥的中心。不知从什么地方来的阴影，渐渐地爬过了西墙。墙隅的蜘蛛网，树叶浓密的地方仿佛把这阴影捉住了一把似的，渐渐地黑起来。只剩了夕阳的余晖返照在这苍老的枸杞树的圆圆的顶上，淡红的一片，熠耀着，俨然如来佛头顶上金色的圆光。

以后，黄昏来了，一切角隅皆为黄昏所占领了。我同几个朋友出去到西单一带散步。穿过了花市，晚香玉在薄暗里发着幽香。不知在什么时候，什么地方，我曾读过一句诗："黄昏里充满了木樨花的香。"我觉得很美丽。虽然我从来没有闻到过木樨花的香，虽然我明知道现在我闻到的是晚香玉的香。但是我总觉得我到了那种缥缈的诗意的境界似的。在淡黄色的灯光下，我们摸索着转近了幽黑的小胡同，走回了公寓。这苍老的枸杞树只剩下了一团凄

迷的影子,靠北墙站着。

雨天、黄昏、漫漫长夜,枸杞树都伴随着作者,作者也一直关注着枸杞树。

跟着来的是个长长的夜。我坐在窗前读着预备考试的功课。大头尖尾的绿色小虫,在糊了白纸的玻璃窗外有所寻觅似的撞击着。不一会儿,一个从缝里挤进来了,接着又一个,又一个,成群地围着灯飞。当我听到卖"玉米面饽饽"戛长的永远带点儿寒冷的声音,从远处的小巷里越过了墙飘了过来的时候,我便捻熄了灯,睡下去。于是又开始了同蚊子和臭虫的争斗。在静静的长夜里,忽然醒了,残梦仍然压在我心头,倘若我听到又有窸窣的声音在这棵苍老的枸杞树周围,我便知道外面又落了雨。我注视着这神秘的黑暗,我描画给自己:这枸杞树的苍黑的枝干该更黑了吧;那只蜗牛有所趋避该匆匆地在向隐僻处爬去吧;小小的圆的蜘蛛网,该又捉住雨滴了吧;这雨滴在黑夜里能不能静静地发着光呢?我做着天真的童话般的梦。我梦到了这棵苍老的枸杞树——这枸杞树也做梦吗?第二天早晨起来,外面真的还在下着雨。空气里充满了清新的沁人心脾的清香。荷叶上顶着珠子似的雨滴,蜘蛛网上也顶着,静静地发着光。

在如火如荼的盛夏转入初秋的澹远里去的时候,我这种诗意的,又充满了稚气的生活,终于不能继续下去。我离开这公寓,离开这苍老的枸杞树,移到清华园里来,到现在差不多四年了。这园子素来是以水木著名的。春天里,满园里怒放着红的花,远处看,红红的一片火焰。夏天里,垂柳拂着地,浓翠扑上人的眉头。红霞般的爬山虎给冷清的深秋涂上一层凄艳的色彩。冬天里,白雪又把这园子安排成为一个银的世界。在这四季,又都有西山的一层轻渺的紫气,给这园子添了不少的光辉。这一切颜色:红的,翠的,白的,紫的,混合地涂上了我的心,在我心里幻化成一幅绚烂的彩画。我做着红色的,翠色的,白色的,紫色的,各样颜色的梦。论理说起来,我在西城的公寓做的童话般的梦,早该被挤到不知什么地方去了。但是,我自己也不了解,在不经意的时候,总有一棵苍老的枸杞树的影子飘过。飘过了春天的火焰似的红花;飘过了夏天的垂柳的浓翠;飘过了红霞似的爬山虎,一直到现在,是冬天,白雪正把这园子装成银的世界。混合了氤氲的西山的紫气,静定在我的心头。在一个浮动的幻影里,我仿佛看到:有夕阳的余晖返照在这棵苍老的枸杞树的圆圆的顶上,淡红的一片,熠耀着,像如来佛头顶上的金光。

枸杞树带给作者诗意、稚气的生活,如今这种生活早已幻化为心底绚烂的彩画。无怪乎苍老的枸杞树的影子总在作者脑中闪现。深层地说,与其说作者在回忆枸杞树,不如说作者是在追怀自己往昔的少年生活与情怀。

夹竹桃

不名贵也不是最美丽，却是最值得留恋和回忆的，在反差当中突出了夹竹桃的重要性。

夹竹桃不是名贵的花，也不是最美丽的花；但是，对我说来，她却是最值得留恋最值得回忆的花。

不知道由于什么缘故，也不知道从什么时候起，在我故乡的那个城市里，几乎家家都种上几盆夹竹桃，而且都摆在大门内影壁墙下，正对着大门口。客人一走进大门，扑鼻的是一阵幽香，入目的是绿蜡似的叶子和红霞或白雪似的花朵，立刻就感觉到仿佛走进自己的家门口，大有宾至如归之感了。

我们家大门内也有两盆，一盆是红色的，一盆是白色的。我小的时候，天天都要从这下面走出走进。红色的花朵让我想到火，白色的花朵让我想到雪。火与雪是不相容的；但是，这两盆花却融洽地开在一起，宛如火上有雪，或雪上有火。我顾而乐之，小小的心灵里觉得十分奇妙，十分有趣。

只有一墙之隔，转过影壁，就是院子。我们家里一向是喜欢花的；虽然没有什么非常名贵的花，但是常见的花却是应有尽有。每年春天，迎春花首先开出黄色的小花，报告春的消息。以后接着来的是桃花、杏花、海棠、榆叶梅、丁香等等，院子里开得花团锦簇。到了夏天，更是满院葳蕤。凤仙花、石竹花、鸡冠花、五色梅、江西腊等等，五彩缤纷，美不胜收。夜来香的香气熏透了整个的夏夜的庭院，是我什么时候也不会忘记的。一到秋天，玉簪花带来凄清的寒意，菊花报告花事的结束。总之，一年三季，花开花落，没有间歇；情景虽美，变化亦多。

然而，在一墙之隔的大门内，夹竹桃却在那里静悄悄地一声不响，一朵花败了，又开出一朵；一嘟噜花黄了，又长出一嘟噜；在和煦的春风里，在盛夏的暴雨里，在深秋的清冷里，看不出什么特别茂盛的时候，也看不出什么特别衰败的时候，无日不迎风弄姿，从春天一直到秋天，从迎春花一直到玉簪花和菊花，无不奉陪。这一点韧性，同院子里那些花比起来，不是形成一个强烈的对照吗？

夹竹桃的妙处之一。在和院子中其他花的对比之中，夹竹桃静静地开放，以及富有韧性的特点显现了出来。

但是夹竹桃的妙处还不止于此。我特别喜欢月光下的夹竹桃。你站在它下面，花朵是一团模糊；但是香气却毫不含糊，浓浓烈烈地从花枝上袭了下来。它把影子投到墙上，叶影参差，花影迷离，可以引起我许多幻想。我幻想它是地图，它居然就是地图了。这一堆影子是亚洲，那一堆影子是非洲，中间空白的地方是大海。碰巧有几只小虫子爬过，这就是远渡重洋的海轮。我幻想它是水中的荇藻，我眼前就真的展现出一个小池塘。夜蛾飞过映在墙上的影子就是游鱼。我幻想它是一幅墨竹，我就真看到一幅画。微风乍起，叶影吹动，这一幅画竟变成活画了。有这样的韧性，能这样引起我的幻想，我爱上了夹竹桃。

夹竹桃的妙处之二。就是还能不断激发我的想象。

好多好多年，我就在这样的夹竹桃下面走出走进。最初我的个儿矮，必须仰头才能看到花朵。后来，我逐渐长高了，夹竹桃在我眼中也就逐渐矮了起来。等到我眼睛平视就可以看到花的时候，我离开

了家。

家乡的夹竹桃之所以印象深刻，是因为融入了我的成长。在我的生命历程中，她始终伴随着我。

我离开了家，过了许多年，走过许多地方。我曾在不同的地方看到过夹竹桃，但是都没有留下深刻的印象。

两年前，我访问了缅甸。在仰光开过几天会以后，缅甸的许多朋友们热情地陪我们到缅甸北部古都蒲甘去游览。这地方以佛塔著名，有“万塔之城”的称号。据说，当年确有万塔。到了今天，数目虽然没有那样多了，但是，纵目四望，嶙嶙峋峋，群塔簇天，一个个从地里涌出，宛如阳朔群山，又像是云南的石林，用“雨后春笋”这一句老话，差堪比拟。虽然花草树木都还是绿的，但是时令究竟是冬天了，一片萧瑟荒寒气象。

然而就在这地方，在我们住的大楼前，我却意外地发现了老朋友夹竹桃。一株株都跟一层楼差不多高，以至我最初竟没有认出它们来。花色比国内的要多，除了红色的和白色的以外，记得还有黄色的。叶子比我以前看到的更绿得像绿蜡，花朵开在高高的枝头，更像片片的红霞、团团的白雪、朵朵的黄云。苍郁繁茂，浓翠逼人，同荒寒的古城形成了强烈的对比。

异国他乡再逢夹竹桃，却因为她连接了中缅两国的文化交往和人们的友谊，从而具有了更深层的值得作者喜爱的原因。

我每天就在这样的夹竹桃下走出走进。晚上同缅甸朋友们在楼上凭栏闲眺，畅谈各种各样的问题，谈蒲甘的历史，谈中缅文化的交流，谈中缅两国人民的胞波的友谊。在这时候，远处的古塔渐渐隐入暮霭中，近处的几个古塔上却给电灯照得通明，望之如灵山幻境。我伸手到栏外，就可以抓到夹竹桃的顶枝。花香也一阵一阵地从下面飘上楼来，仿佛把中缅友谊熏得更加芬芳。

就这样，在对于夹竹桃的婉美动人的回忆里，又涂上了一层绚烂夺目的中缅人民友谊的色彩。我从此更爱夹竹桃。

槐　花

自从移家朗润园，每年在春夏之交的时候，我一出门向西走，总是清香飘拂，溢满鼻官。抬眼一看，在流满了绿水的荷塘岸边，在高高低低的土山上面，就能看到成片的洋槐，满树繁花，闪着银光；花朵缀满高树枝头，开上去，开上去，一直开到高空，让我立刻想到新疆天池上看到的白皑皑的万古雪峰。

开篇写槐花多而茂盛，然而“我”却“惯了”，为下文反思我们“习焉不察”打个埋伏。

这种槐树在北方是非常习见的树种。我虽然也陶醉于氤氲的香气中，但却从来没有认真注意过这种花树——惯了。

有一年，也是在这样春夏之交的时候，我陪一位印度朋友参观北大校园。走到槐花树下，他猛然用鼻子吸了吸气，抬头看了看，眼睛瞪得又大又圆。我从前曾看到一幅印度人画的人像，为了夸大印度人眼睛之大，他把眼睛画得扩张到脸庞的外面。这一回我真仿佛看到这一位印度朋友瞪大了的眼睛扩张到了面孔以外来了。

“真好看呀！这真是奇迹！”

“什么奇迹呀？”

“你们这样的花树。”

“这有什么了不起呢？我们这里多得很。”

“多得很就不了不起了吗？”

我无言以对，看来辩论下去已经毫无意义了。

可是他的话却对我起了作用：我认真注意槐花了，我仿佛第一次见到它，非常陌生，又似曾相识。我在它身上发现了许多新的以前从来没有发现的东西。

在沉思之余，我忽然想到，自己在印度也曾有过类似的情景。我在海德拉巴看到耸入云天的木棉树时，也曾大为惊诧。碗口大的红花挂满枝头，殷红如朝阳，灿烂似晚霞，我不禁大为慨叹：

"真好看呀！简直神奇极了！"

"什么神奇？"

"这木棉花。"

"这有什么神奇呢？我们这里到处都有。"

陪伴我们的印度朋友满脸迷惑不解的神气。我的眼睛瞪得多大，我自己看不到。现在到了中国，在洋槐树下，轮到印度朋友（当然不是同一个人）瞪大眼睛了。

两幅有趣的画面对比。一则印度人在中国槐花面前瞪大了眼睛，一则我在印度木棉花面前瞪大了眼睛。为下文的议论再作铺垫。

在我们的日常生活中，我们都有这样一个经验：越是看惯了的东西，便越是习焉不察，美丑都难看出。这种现象在心理学上是容易解释的：一定要同客观存在的东西保持一定的距离，才能客观地去观察。难道我们就不能有意识地去改变这种习惯吗？难道我们就不能永远用新的眼光去看待一切事物吗？

点出生活中一种常见现象：习焉不察，要求我们能够用心的眼光看待周围熟悉的事物，看出事物新的美。

我想自己先试一试看，果然有了神奇的效果。我现在再走过荷塘看到槐花，努力在自己的心中制造出第一次见到的幻想，我不再熟视无睹，而是尽情地欣赏。槐花也仿佛是得到了知己，大大小小、高高低低的洋槐，似乎在喃喃自语，又对我讲话。周围的山石树木，仿佛一下子活了起来，一片生机，融融氤

作者的实践，果然有新的发现。前文写发现槐花的多和旺盛，而这里则发现了槐花的灵性和活力。

氤。荷塘里的绿水仿佛更绿了;槐树上的白花仿佛更白了;人家篱笆里开的红花仿佛更红了。风吹,鸟鸣,都洋溢着无限生气。一切眼前的东西联在一起,汇成了宇宙的大欢畅。

第三单元 DI SAN DAN YUAN

人生漫谈

人生是一部大书，每个人既是阅读者，也是书写者。在书写自己人生的过程中，我们必然要和种种事情、种种人、种种关系打交道，如何处理这些错综复杂的关系，需要一种人生的艺术或者智慧。此时，学会阅读他人的人生，善于和智者交谈，习得人生的智慧就显得很重要了。

季羡林先生是学界泰斗，是蔼然长者，其人生阅历、学界智识均超出常人。借鉴他的人生经验，和这样的一位长者谈心，一定会使我们受益匪浅。在和季老的人生漫谈中，他以九十的高龄向我们倾谈他的人生智慧，他教我们如何为人处世，如何面对时间、爱情、毁誉、压力；他教我们怎样成功，懂得容忍和三思；他告诉我们，人生是不可能完满的，要能知足知不足、有为有不为。

做人与处世

一个人活在世界上,必须处理好三个关系:第一,人与大自然的关系;第二,人与人的关系,包括家庭关系在内;第三,个人心中思想与感情矛盾与平衡的关系。这三个关系,如果能处理很好,生活就能愉快;否则,生活就有苦恼。

人处于世,对外面向自然和他人,对内面对自我。开篇作者精炼地概括了做人与处世的三种关系。为人处世是一种能力,甚至是一种艺术。

人本来也是属于大自然范畴的。但是,人自从变成了"万物之灵"以后,就同大自然闹起独立来,有时竟成了大自然的对立面。人类的衣食住行所有的资料都取自大自然,我们向大自然索取是不可避免的。关键是怎样去索取?索取手段不出两途:一用和平手段,一用强制手段。我个人认为,东西文化之分野,就在这里。西方对待大自然的基本态度或指导思想是"征服自然",用一句现成的套话来说,就是用处理敌我矛盾的方法来处理人与大自然的关系。结果呢,从表面上看上去,西方人是胜利了,大自然真的被他们征服了。自从西方产业革命以后,西方人屡创奇迹。楼上楼下,电灯电话。大至宇宙飞船,小至原子,无一不出自西方"征服者"之手。

然而,大自然的容忍是有限度的,它是能报复的,它是能惩罚的。报复或惩罚的结果,人皆见之,比如环境污染,生态失衡,臭氧层出洞,物种灭绝,人口爆炸,淡水资源匮乏,新疾病产生,如此等等,不一

而足。这些弊端中哪一项不解决都能影响人类生存的前途。我并非危言耸听,现在全世界人民和政府都高呼环保,并采取措施。古人说:“失之东隅,收之桑榆。”犹未为晚。

中国或者东方对待大自然的态度或哲学基础是“天人合一”。宋人张载说得最简明扼要:“民吾同胞,物吾与也。”“与”的意思是伙伴。我们把大自然看作伙伴。可惜我们的行为没能跟上。在某种程度上,也采取了“征服自然”的办法,结果也受到了大自然的报复,前不久南北的大洪水不是很能发人深省吗?

第一层谈人与自然。无论东西方,在面对自然时,都造成了人与自然的对立。确实,我们今天需要慎重思考这层关系。古老的东方智慧可以给予我们很多启发。

至于人与人的关系,我的想法是:对待一切善良的人,不管是家属,还是朋友,都应该有一个两字箴言:一曰真,二曰忍。真者,以真情实意相待,不允许弄虚作假。对待坏人,则另当别论。忍者,相互容忍也。日子久了,难免有点磕磕碰碰。在这时候,头脑清醒的一方应该能够容忍。如果双方都不冷静,必致因小失大,后果不堪设想。唐朝张公艺的“百忍”是历史上有名的例子。

第二层谈人与他人。真实容易理解,但“忍”似乎缺乏精神。不过细思之,“忍”不是逆来顺受,其精华符合古代人的“克己”,凡事三思克制。苏轼在讨论汉初张良时就明确提到“忍”的重要。

至于个人心中思想感情的矛盾,则多半起于私心杂念。解之之方,唯有消灭私心,学习诸葛亮的“淡泊以明志,宁静以致远”,庶几近之。

第三层谈人与自我。一定程度上,人的最大敌人是自我。古代中国说“慎独”,西方说“认识你自己”,均有此意。

谈成功

什么叫成功？顺手拿来一本《现代汉语词典》，上面写道："成功：获得预期的结果"，言简意赅，明白之至。

题目是谈成功，故从"成功"的意思说起，简单明了。

但是，谈到"预期"，则错综复杂，纷纭混乱。人人每时每刻每日每月都有大小不同的预期，有的成功，有的失败，总之是无法界定，也无法分类，我们不去谈它。

我在这里只谈成功，特别是成功之道。这又是一个极大的题目，我却只是小做。积七八十年之经验，我得到了下面这个公式：

天资 + 勤奋 + 机遇 = 成功

作者说积自己七八十年的经验得来此公式，联系作者的事业成就，值得我们重视。

"天资"，我本来想用"天才"；但天才是个稀见现象，其中不少是"偏才"，所以我弃而不用，改用"天资"，大家一看就明白。这个公式实在是过分简单化了，但其中的含义是清楚的。搞得太烦琐，反而不容易说清楚。

谈到天资，首先必须承认，人与人之间天资是不相同的，这是一个事实，谁也否定不掉。十年浩劫中，自命天才的人居然号召大批天才，葫芦里卖的是什么药，至今不解。到了今天，学术界和文艺界自命天才的人颇不稀见，我除了羡慕这些人"自我感觉过

分良好”外，不敢赞一词。对于自己的天资，我看，还是客观一点好，实事求是一点好。

至于勤奋，一向为古人所赞扬。囊萤、映雪、悬梁、刺股等故事流传了千百年，家喻户晓。韩文公的“焚膏油以继晷，恒兀兀以穷年”，更为读书人所向往。如果不勤奋，则天资再高也毫无用处。事理至明，无待饶舌。

谈到机遇，往往为人所忽视。它其实是存在的，而且有时候影响极大。就以我自己为例，如果清华不派我到德国去留学，则我的一生完全不会像现在这个样子。

把成功的三个条件拿来分析一下，天资是由“天”来决定的，我们无能为力。机遇是不期而来的，我们也无能为力。只有勤奋一项完全是我们自己决定的，我们必须在这一项上狠下功夫。在这里，古人的教导也多得很。还是先举韩文公。他说：“业精于勤荒于嬉，行成于思毁于随。”这两句话是大家都熟悉的。

天资、机遇一定程度上都属于外部因素。唯有勤奋可由自我决定。勤奋在于下苦功夫，这是做事业的基础。

王静安在《人间词话》中说：“古今之成大事业大学问者必经过三种之境界。‘昨夜西风凋碧树，独上高楼，望尽天涯路。’此第一境也。‘衣带渐宽终不悔，为伊消得人憔悴。’此第二境也。‘众里寻他千百度，蓦然回首，那人却在，灯火阑珊处。’此第三境也。”静安先生第一境写的是预期。第二境写的是勤奋。第三境写的是成功。其中没有写天资和机遇。我不敢说，这是他的疏漏，因为写的角度不同。但是，我认为，补上天资与机遇，似更为全面。我希望，大家都能拿出“衣带渐宽终不悔”的精神来从事做学问或干事业，这是成功的必由之路。

王国维（静安）巧妙地以宋词阐释治学三境界，作者在此基础上作了更进一步的阐发。很多人懂得这样的道理，但彻底执行的很少。关键是世上“聪明”人太多了，太相信聪明成事；或者又只顾钻营，指望着别人让自己飞黄腾达。作者告诉我们一个实实在在的理儿：勤奋做事。

知足知不足

中国有一句老话“知足常乐”为大家所遵奉。什么叫“知足”呢？还是先查一下字典吧。《现代汉语词典》说：“知足，满足于已经得到的（指生活、愿望等）。”如果每个人都能满足于已经得到的东西，则社会必能安定，天下必能太平。这个道理是显而易见的。可是社会上总会有一些人不安分守己，心存妄想，这样的人往往要栽大跟头的。对他们来说，“知足常乐”这句话就成了灵丹妙药。

先谈知足。在对比中强调要知足，下面“但是”一转，形成文思上的一个转折。

但是，知足或者不知足也要分场合。在旧社会，穷人吃草根树皮，阔人吃燕窝鱼翅。在这样的场合下，你劝穷人知足，能劝得动吗？正相反，应当鼓励他们不能知足，要起来斗争。这样的不知足是正当的，是有重大意义的，它能伸张社会正义，能推动人类社会前进。

除了场合以外，知足还有一个分（fèn）的问题。什么叫分？笼统言之，就是适当的限度。人们常说的“安分”“非分”的“分”，指的就是限度。这个限度也是极难掌握的，是因人而异、因地而异的。勉强找一个标准的话，那就是“约定俗成”。曾见冰心老人为别人题座右铭：“知足知不足，有为有不为。”言简意赅，回味无穷。我想，冰心老人之所以写这一句话，其意不过是劝人少存非分之想而已。

知足不是一味地满足，有个场合和分的问题。

至于知不足，在汉文中虽然字面上相同，其涵义则有差别。这里所谓“不足”，指的是“不足之处”，“不够完美的地方”。这句话同“自知之明”有联系。

第二层谈知不足。借助老话中的智慧强调人要了解自己的不足之处。行文更多从反面阐释，说了不懂知足的表现和原因，其实要懂得知不足就立住脚了。

自古以来，中国就有一句老话：“人贵有自知之明。”这一句话启示我们，有自知之明并不容易，否则这一句话就用不着说了。事实上也确实如此。就拿现在来说，我所见到的人，大都自我感觉良好。专以学界而论，有的人并没有读几本书，却不知天高地厚，以天才自居，靠自己一点小聪明——这能算得上聪明吗？——狂傲恣睢，骂尽天下一切文人，大有用一管毛锥横扫六合之概，令明眼人感到既可笑，又可怜。这种人往往没有什么出息。因为，又有一句中国老话：“学如逆水行舟，不进则退。”还有一句中国老话：“学海无涯。”说的都是真理。但在这些人眼中，他们已经穷了学海之源，往前再没有路了，进步是没有必要的。他们除了自我欣赏之外，还能有什么出息呢？

知不足是东西方共有的智慧。

古代希腊人也认为自知之明是可贵的，所以语重心长地说出了：“要了解你自己。”中国同希腊相距万里，可竟说了几乎是一模一样的话，可见这些话是普遍的真理。中外几千年的思想史和科学史也都证明了：只有知不足的人才能为人类文化作出贡献。

有为有不为

"为",就是"做"。应该做的事,必须去做,这就是"有为"。不应该做的事必不能做,这就是"有不为"。

开头言简意赅地解释有为和有不为。

在这里,关键是"应该"二字。什么叫"应该"呢?这有点像仁义的"义"字。韩愈给"义"字下的定义是"行而宜之之谓义"。"义"就是"宜",而"宜"就是"合适",也就是"应该",但问题仍然没有解决。要想从哲学上,从伦理学上,说清楚这个问题,恐怕要写上一篇长篇论文,甚至一部大书。我没有这个能力,也认为根本无此必要。我觉得,只要诉诸一般人都能够有的良知良能,就能分辨清是非善恶了,就能知道什么事应该做,什么事不应该做了。

围绕"应该",作者告诉我们对于"为"人人心里要有一杆秤。

中国古人说:"勿以善小而不为,勿以恶小而为之。"可见善恶是有大小之别的,应该不应该也是有大小之别的,并不是都在一个水平上。什么叫大,什么叫小呢?这里也用不着烦琐的论证,只须动一动脑筋,睁开眼睛看一看社会,也就够了。

小恶、小善,在日常生活中随时可见。比如,在公共汽车上给老人和病人让座。能让,算是小善;不能让,也只能算是小恶,够不上大逆不道。然而,从那些一看到有老人或病人上车就立即装出闭目养神的样子的人身上,不也能由小见大看出了社会道德

谈小善小恶。

的水平吗?

用文天祥的例子谈大善大恶。

至于大善大恶,目前社会中也可以看到,但在历史上却看得更清楚。比如宋代的文天祥。他为元军所虏,如果他想活下去,屈膝投敌就行了,不但能活,而且还能有大官做,最多是在身后被列入“贰臣传”,“身后是非谁管得”,管那么多干嘛呀。然而他却高赋《正气歌》,从容就义,留下英名万古传,至今还在激励着我们的爱国热情。

通过上面举的一个小恶的例子和一个大善的例子,我们大概对大小善和大小恶能够得到一个笼统的概念了。凡是对国家有利,对人民有利,对人类发展前途有利的事情就是大善,反之就是大恶。凡是对处理人际关系有利,对保持社会安定团结有利的事情可以称之为小善,反之就是小恶。大小之间有时难以区别,这只不过是一个大体的轮廓而已。

善恶可以积累,也可以转化。

大小善和大小恶有时候是有联系的。俗话说:“千里之堤,溃于蚁穴。”拿眼前常常提到的贪污行为而论,往往是先贪污少量的财物,心里还有点打鼓。但是,一旦得逞,尝到甜头,又没被人发现,于是胆子越来越大,贪污的数量也越来越多,终至于一发而不可收拾,最后受到法律的制裁,悔之晚矣。也有个别的识时务者,迷途知返,就是所谓浪子回头者,然而难矣哉!

很简单地祝愿,要懂得有为有不为,要懂得避恶向善。

我的希望很简单,我希望每个人都能有为有不为。一旦“为”错了,就毅然回头。

九十述怀

杜甫诗："人生七十古来稀。"对旧社会来说，这是完全正确的，因为它符合实际情况。但是，到了今天，老百姓却创造了三句顺口溜："七十小弟弟，八十多来兮，九十不稀奇。"这也是完全正确的，因为它符合实际情况。

但是，对我来说，却另有一番纠葛。我行年九十矣，是不是感到不稀奇呢？答案是：不是，又是。不是者，我没有感到不稀奇，而是感到稀奇，非常地稀奇。我曾在很多地方都说过，我在任何方面都是一个没有雄心壮志的人，我不会说大话，不敢说大话，在年龄方面也一样。我的第一本账只计划活四十岁到五十岁。因为我的父母都只活了四十多岁，遵照遗传的规律，遵照传统伦理道德，我不能也不应活得超过了父母。我又哪里知道，仿佛一转瞬间，我竟活过了从心所欲不逾矩之年，又进入了耄耋的境界，要向期颐进军了。这样一来，我能不感到稀奇吗？

对自己行年九十的稀奇。从心所欲不逾矩、古稀、耄耋、期颐，跟着作者我们熟悉了一下古代对年龄的别称。慨叹作者长寿的同时，也慨叹作者所成就的事业。

但是，为什么又感到不稀奇呢？从目前的身体情况来看，除了眼睛和耳朵有点不算太大的问题和腿脚不太灵便外，自我感觉还是良好的，写一篇一两千字的文章，倚马可待。待人接物，应对进退，还是"难得糊涂"的。这一切都同十年前，或者更长的时间以前，没有什么两样。李太白诗："高堂明镜悲白

发。”我不但发已全白(有人告诉我,又有黑发长出),而且秃了顶。这一切也都是事实,可惜我不是电影明星,一年照不了两次镜子,那一切我都不视不见。在潜意识中,自己还以为是“朝如青丝”哩。对我这样无知无识、麻木不仁的人,连上帝也没有办法。在这样的情况下,我怎么能会不感到不稀奇呢?

对行年九十的不稀奇。作者此处幽默自谦。说自己无知无识、麻木不仁,其实是说自己已经通脱豁达,无所畏惧。作者的人生境界让人钦羡。

但是,我自己又觉得,我这种精神状态之所以能够产生,不是没有根据的。我国现行的退休制度,教授年龄是六十岁到七十岁。可是,就我个人而论,在学术研究上,我的冲刺起点是在八十岁以后。开了几十年的会,经过了不知道多少次政治运动,做过不知道多少次自我检查,也不知道多少次对别人进行批判,最后又经历了十年浩劫,“对酒当歌,人生几何?”我自己的一生就是这样白白地消磨过去了。如果不是造化小儿对我垂青,制止了我实行自己年龄计划的话,在我八十岁以前(这也算是高寿了)就“遽归道山”,我留给子孙后代的东西恐怕是不会多的。不多也不一定就是坏事。留下一些不痛不痒、灾祸梨枣的所谓著述,对任何人都没有好处。但是,对我自己来说,恐怕就要“另案处理”了。

耽误的时光让作者有种时不我待的感觉。

在从八十岁到九十岁这个十年内,在我冲刺开始以后,颇有一些值得纪念的甜蜜的回忆。在撰写我一生最长的一部长达八十万字的著作《糖史》的过程中,颇有一些情节值得回忆,值得玩味。在长达两年的时间内,我每天跑一趟大图书馆,风雨无阻,寒暑无碍。燕园风光旖旎,四时景物不同。春天姹紫嫣红,夏天荷香盈塘,秋天红染霜叶,冬天六出蔽空。称之为人间仙境,也不为过。然而,在这两年中,我

六出,雪花的别称。草木花多五出,雪独六出,因为雪花有六瓣。

几乎天天都在这样瑰丽的风光中行走。可是我都视而不见，甚至不视不见。未名湖的涟漪，博雅塔的倒影，被外人视为奇观的胜景，也未能逃过我的漠然，懵然，无动于衷。我心中想到的只是大图书馆中的盈室满架的图书，鼻子里闻到的只有那里的书香。

《糖史》的写作完成以后，我又把阵地从大图书馆移到家中来，运筹于斗室之中，决战于几张桌子之上。我研究的对象变成了吐火罗文 a 方言的《弥勒会见记剧本》。这也不是一颗容易咬的核桃，非用上全力不行。最大的困难在于缺乏资料，而且多是国外的资料。没有办法，只有时不时地向海外求援。现在虽然号称为信息时代，可是我要的消息多是刁钻古怪的东西，一时难以搜寻，我只有耐着性子恭候。舞笔弄墨的朋友，大概都能体会到，当一篇文章正在进行写作时，忽然断了电，你心中真如火烧油浇，然而却毫无办法，只盼喜从天降了，只能听天由命了。此时燕园旖旎的风光，对于我似有似无，心里想到的，冀盼的只有海外的来信。如此又熬了一年多，《弥勒会见记剧本》英译本终于在德国出版了。

两部著作完了以后，我平生大愿算是告一段落。痛定思痛，蓦地想到了，自己已是望九之年了。这样的岁数，古今中外的读书人能达到的只有极少数。我自己竟能置身其中，岂不大可喜哉！

我想停下来休息片刻，以利再战。这时就想到，我还有一个家。在一般人心目中，家是停泊休息的最好的港湾。我的家怎样呢？直白地说，我的家就我一个孤家寡人，我就是家，我一个人吃饱了，全家不害饿。这样一来，我应该感觉很孤独了吧。然而

为伊消得人憔悴。专注于自己喜爱的学术事业，让作者无视风景的美好，忘记时间的存在，闻的是书香，着急的是缺乏资料。廉颇老矣，尚且能饭！以如此高龄完成此等事业，怎能不高兴可喜！简直是奇迹！

并不。我的家庭“成员”实际上并不止我一个“人”。我还有四只极为活泼可爱的，一转眼就偷吃东西的，从我家乡山东临清带来的白色波斯猫，眼睛一黄一蓝。它们一点礼节都没有，一点规矩都不懂，时不时地爬上我的脖子，为所欲为，大胆放肆。有一只还专在我的裤腿上撒尿。这一切我不但不介意，而且顾而乐之，让猫们的自由主义恶性发展。

我的家庭“成员”还不止这样多，我还养了两只山东大学小校友张衡送给我的乌龟。乌龟这玩意儿，现在名声不算太好；但在古代却是长寿的象征。有些人的名字中也使用“龟”字，唐代就有李龟年、陆龟蒙等等。龟们的智商大概低于猫们，它们决不会从水中爬出来爬上我的肩头。但是，龟们也自有龟之乐，当我向它喂食时，它们伸出了脖子，一口吞下一粒，它们显然是愉快的。可惜我遇不到惠施，他决不会同我争辩，我何以知道龟之乐。

宕开一笔。庄子和惠施有著名的濠梁之辩。作者巧妙地用来表明自己喂食乌龟的快乐。

养猫、养乌龟、养甲鱼，在别人看来放诞不经，对于作者却是孤身一人生活中的洒脱。

我的家庭“成员”还没有到此为止，我还饲养了五只大甲鱼。甲鱼，在一般老百姓嘴里叫“王八”，是一个十分不光彩的名称，人们讳言之。然而我却堂而皇之地养在大瓷缸内，一视同仁，毫无歧视之心。是不是我神经出了毛病？用不着请医生去检查，我神经十分正常。我认为，甲鱼同其他动物一样有生存的权利。称之为王八，是人类对它的诬蔑，是向它头上泼脏水。可惜甲鱼无知，不会向世界最高法庭上去状告人类，还要求赔偿名誉费若干美元，而且要登报声明。我个人觉得，人类在新世纪，新千年中最重要的任务是处理好与大自然的关系。恩格斯已经警告过我们：“不要过分陶醉于我们对自然界的胜利。对每一次这样的胜利，自然界都报复了我们。”一百多年来的历史事实，日益证明了恩格斯警告之正确与准确。在新世纪中，人类首先必须改恶向善，改掉乱吃其他动物的恶习。人类必须遵守宋代大儒张载的话：“民吾同胞，物吾与也。”把甲鱼也看成是自己的伙伴，把大自然看成是自己的朋友，而不是征服的对象。这样一来，人类庶几能有美妙光辉的前途。至于对我自己，也许有人认为我是《世说新语》中的人物，放诞不经。如果真是的话，那就，那就——由它去吧。

再继续谈我的家和我自己。

我在十年浩劫中，自己跳出来反对那位倒行逆施的“老佛爷”，被打倒在地，被戴上了无数顶莫须有的帽子，天天被打，被骂。最初也只觉得滑稽可笑。但“谎言说上一千遍，就变成了真理”，最后连我自己都怀疑起来了：“此身合是坏人未？泪眼迷离问苍天。”其实我并没有那么坏；但在许多人眼中，我已经成了一个“不可接触者”。

世事多变，人间正道。不知道是怎么一来，我竟转身一变成了一个“极可接触者”。我常以知了自比。知了的幼虫最初藏在地下，黄昏时爬上树干，天一明就蜕掉了旧壳，长出了翅膀，长鸣高枝，成了极富诗意的虫类，引得诗人“倚杖柴门外，临风听暮蝉”了。我现在就是一只长鸣高枝的蝉，名声四被，头上的桂冠比“文革”中头上戴的高帽子还要高出多多，有时候我自己都觉得脸红。其实我自己深知，我并没有那么好。然而，我这样发自肺腑的话，别人是不会相信的。这样一来，我虽孤家寡人，其实家里每天

从先前的“不可接触者”到后来的“极可接触者”，反映了社会的变迁，也带着社会的滑稽。作者以蝉自比，详尽罗列社会来拜访自己的现象，带出一丝无奈，一丝揶揄。

都是热闹非凡的。有一位多年的老同事，天天到我家里来“打工”，处理我的杂务，照顾我的生活，最重要的事情是给我读报，读信，因为我眼睛不好。还有就是同不断打电话来或者亲自登门来的自称是我的“崇拜者”的人们打交道。学校领导因为觉得我年纪已大，不能再招待那么多的来访者，在我门上贴出了通告，想制约一下来访者的袭来，但用处不大，许多客人都视而不见，照样敲门不误。有少数人竟在门外荷塘边上等上几个钟头。除了来访者打电话者外，还有扛着沉重的摄像机而来的电视台的导演和记者，以及每天都收到的数量颇大的信件和刊物。有一些年轻的大中学生，把我看成了有求必应的土地爷，或者能预言先知的季铁嘴，向我请求这请求那，向我倾诉对自己父母都不肯透露的心中的苦闷。这些都要我那位“打工”的老同事来处理，我那位打工者此时就成了拦驾大使。想尽花样，费尽唇舌，说服那些想来采访，想来拍电视的好心和热心又诚心的朋友们，请他们稍安勿躁。这是极为繁重而困难的工作，我能深切体会。其忙碌困难的情况，我是能理解的。

最让我高兴的是，我结交了不少新朋友。他们都是著名的书法家、画家、诗人、作家、教授。我们彼此之间，除了真挚的感情和友谊之外，决无所求于对方。我是相信缘分的，“有缘千里来相会，无缘对面不相识”，缘分是说不明道不白的东西，但又确实存在。我相信，我同朋友之间就是有缘分的。我们一见如故，无话不谈。没见面时，总惦记着见面的时间；既见面则如鱼得水，心旷神怡；分手后又是朝思暮想，忆念难忘。对我来说，他们不是亲属，胜似亲属。有人说："人生得一知己足矣。"我得到的却不只是一个知己，而是一群知己。有人说我活得非常滋润。此情此景，岂是"滋润"二字可以了得！

"滋润"二字写出作者最得意的心态。作者不在意表面的熙攘热闹，却尤其看重知己的精神相接。

我是一个呆板保守的人，秉性固执。几十年养成的习惯，我决不改变。一身卡其布的中山装，国内外不变，季节变化不变，别人认为是老顽固，我则自称是"博物馆的人物"，以示"抵抗"，后发制人。生活习惯也决不改变。四五十年来养成了早起的习惯，每天早晨四点半起床，前后差不了五分钟。古人说"黎明即起"，对我来说，这话夏天是适合的；冬天则是在黎明之前几个小时，我就起来了。我五点吃早点，可以说是先天下之早点而早点。吃完立即工作。我的工作主要是爬格子。几十年来，我已经爬出了上千万的字。这些东西都值得爬吗？我认为是值得的。我爬出的东西不见得都是精金粹玉，都是甘露醍醐，吃了能让人升天成仙。但是其中决没有毒药，决没有假冒伪劣，读了以后至少能让人获得点享受，能让人爱国，爱乡，爱人类，爱自然，爱儿童，爱一切美好的东西。总之一句话，能让人在精神境界中有所收益。我常常自己警告说：人吃饭是为了活着，但活着决不是为了吃饭。人的一生是短暂的，决不能白白把生命浪费掉。如果我有一天工作没有什么收获，晚上躺在床上就疚愧难安，认为是慢性自杀。爬格子有没有名利思想呢？坦白地说，过去是有的。可是到了今天，名利对我都没有什么用处了，我之所以仍然爬，是出于惯性，其他冠冕堂皇的话，我说不出。"爬格不知老已至，名利于我如浮云"，或

此段文字，作者以坦诚之笔向我们道出自己不计名利地追求学问的精神。作者曾言及勤奋的重要性，此处鲜明地表现了作者的勤奋。通过自己的努力留给后人最丰富的精神财富，作者让人钦佩。

可能道出我现在的心情。

你想到过死没有呢？我仿佛听到有人在问。好，这话正问到节骨眼上。是的，我想到过死，过去也曾想到死，现在想得更多而已。在十年浩劫中，在1967年，一个千钧一发般的小插曲使我避免了走上“自绝于人民”的道路。从那以后，我认为，我已经死过一次，多活一天，都是赚的，到现在已经三十多年了，我真赚了个满堂满贯，真成为一个特殊的大富翁了。但人总是要死的，在这方面，谁也没有特权，没有豁免权。虽然常言道：“黄泉路上无老少”，但是，老年人毕竟有优先权。燕园是一个出老寿星的宝地。我虽年届九旬，但按照年龄顺序排队，我仍落在十几名之后。我曾私自发下宏愿大誓：在向八宝山的攀登中，我一定按照年龄顺序鱼贯而登，决不抢班夺权，硬去加塞。至于事实究竟如何，那就请听下回分解了。

既然已经死过一次，多少年来，我总以为自己已经参悟了人生。我常拿陶渊明的四句诗当作座右铭：“纵浪大化中，不喜亦不惧，应尽便须尽，无复独多虑。”现在才逐渐发现，我自己并没能完全做到。常常想到死，就是一个证明，我有时幻想，自己为什么不能像朋友送给我摆在桌上的奇石那样，自己没有生命，但也决不会有死呢？我有时候也幻想：能不能让造物主勒住时间前进的步伐，让太阳和月亮永远明亮，地球上一切生物都停住不动，不老呢？哪怕是停上十年八年呢？大家千万不要误会，认为我怕死怕得要命。决不是那样。我早就认识到，永远变动，永不停息，是宇宙根本规律，要求不变是荒唐的。

作者参悟生死，不喜不惧。但几次幻想，又说明作者对生命的热爱。

万物方生方死，是至理名言。江文通《恨赋》中说："自古皆有死，莫不饮恨而吞声。"那是没有见地的庸人之举，我虽庸陋，水平还不会那样低。即使我做不到热烈欢迎大限之来临，我也决不会饮恨吞声。

但是，人类是心中充满了矛盾的动物，其他动物没有思想，也就不会有这样多的矛盾。我忝列人类的一分子，心里面的矛盾总是免不了的。我现在是一方面眷恋人生，一方面却又觉得，自己活得实在太辛苦了，我想休息一下了。我向往庄子的话："大块载我以形，劳我以生。"大家千万不要误会，以为我就要自杀。自杀那玩意儿我决不会再干了。在别人眼中，我现在活得真是非常非常惬意了。不虞之誉，纷至沓来；求全之毁，几乎绝迹。我所到之处，见到的只有笑脸，感到的只有温暖。时时如坐春风，处处如沐春雨，人生至此，实在是真应该满足了。然而，实际情况却并不完全是这样惬意。古人说："不如意事常八九。"这话对我现在来说也是适用的。我时不时地总会碰到一些令人不愉快的事情，让自己的心情半天难以平静。即使在春风得意中，我也有自己的苦恼。我明明是一头瘦骨嶙峋的老牛，却有时被认成是日产鲜奶千磅的硕大的肥牛。已经挤出了奶水五百磅，还求索不止，认为我打了埋伏。其中情味，实难以为外人道也。这逼得我不能不想到休息。

我现在不时想到，自己活得太长了，快到一个世纪了。九十年前，山东临清县一个既穷又小的官庄出生了一个野小子，竟走出了官庄，走出了临清，走到了济南，走到了北京，走到了德国；后来又走遍了几个大洲，几十个国家。如果把我的足迹画成一条

长线的话，这条长线能绕地球几周。我看过埃及的金字塔，看到两河流域的古文化遗址，看过印度的泰姬陵，看到非洲的撒哈拉大沙漠，以及国内外的许多名山大川。我曾住过总统府之类的豪华宾馆，会见过许多总统、总理一级的人物，在流俗人的眼中，真可谓极风光之能事了。然而，我走过的漫长的道路并不总是铺着玫瑰花的，有时也荆棘丛生。我经过山重水复，也经过柳暗花明；走过阳关大道，也走过独木小桥。我曾到阎王爷那里去报到，没有被接纳。终于曲曲折折，颠颠簸簸，坎坎坷坷，磕磕碰碰，走到了今天。现在就坐在燕园朗润园中一个玻璃窗下，写着《九十述怀》。窗外已是寒冬。荷塘里在夏天接天映日的荷花，只剩下干枯的残叶在寒风中摇曳。玉兰花也只留下光秃秃的枝干在那里苦撑。但是，我知道，我仿佛看到荷花蜷曲在冰下淤泥里做着春天的梦；玉兰花则在枝头梦着“春意闹”。它们都在活着，只是暂时地休息，养精蓄锐，好在明年新世纪，新千年中开出更多更艳丽的花朵。

以残荷、光秃的玉兰来写自己在漫长的人生中想要休息。作者写俗人眼中的“风光”，其实是表明自己受到的干扰太多，有许多不足为外人道出的苦衷。由此想到，创造一个适合知识分子的安静不受干扰的环境是多么的重要。

我自己当然也在活着。可是我活得太久了，活得太累了。歌德暮年在一首著名的小诗中想到休息，我也真想休息一下了。但是，这是绝对不可能的。我就像鲁迅笔下的那一位“过客”那样，我的任务就是向前走，向前走。前方是什么地方呢？老翁看到的是坟墓，小女孩看到的是野百合花。我写《八十述怀》时，看到的是野百合花多于坟墓，今天则倒了一个个儿，坟墓多而野百合花少了。不管怎样，反正我是非走上前去不行的，不管是坟墓，还是野百合花，都不能阻挡我的步伐。冯友兰先生的“何止于

作者毕竟是生活的长者，学问的高者，有点小牢骚，但精神境界决定了作者还是要不停地走下去，完成更多的事业。

米”,我已经越过了米的阶段。下一步就是“相期以茶”了。我觉得,我目前的选择只有眼前这一条路,这一条路并不遥远。等到我十年后再写《百岁述怀》的时候,那就离茶不远了。

时　间

一抬头，就看到书桌上座钟的秒针在一跳一跳地向前走动。它那里一跳，我的心就一跳。孔子说："逝者如斯夫，不舍昼夜！"这里指的是水。水永远不停地流逝，让孔子吃惊兴叹。我的心跳，跳的是时间。水是能看得见，摸得着的。时间却看不见，摸不着的，它的流逝你感觉不到，然而确实是在流逝。现在我眼前摆上了座钟，它的秒针一跳一跳，让我再清楚不过地看到了时间的流逝，焉能不心跳？焉能不兴叹呢？

孔子对水而叹，作者面对时钟心跳，古往今来，人们都有着深重的时间意识。

远古的人大概是很幸福的。他们日出而作，日入而息，根据太阳的出没来规定自己的活动。即使能感到时间的流逝，也只在依稀隐约之间。后来，他们聪明了，根据太阳光和阴影的推移，把时间称作光阴。再后来，人们的聪明才智更提高了，用铜壶滴漏的办法来显示和测定时间的推移，这是用人工来抓住看不见摸不着的时间的尝试。到了近几百年，人类发明了钟表，把时间的存在与流逝清清楚楚地摆在每一个人的面前。这是人类文明进步的表现。但是，正如人们常说的那样："有一利必有一弊"，人类成了时间的奴隶，成了手表的奴隶。现在各种各样的会极多，开会必须规定时间，几点几分，不能任意伸缩。如果参加重要的会而路上偏偏赶上堵车，任

时间的两面性。人类不可抗拒时间，但对时间的认识又体现着文明的进步。

你怎样焦急，怎样频频看手表，都是白搭。这不是典型的时间的奴隶又是什么呢？然而，话又说了回来，在今天头绪纷纭杂乱有章的社会里，开会不定时间，还像古人那样“日出而作，日入而息”，悠哉游哉，顺帝之则，今天的社会还能运转吗？不管你愿意不愿意，成为时间的奴隶就正是文明的表现。

顺乎自然法则。典出《列子》记述。

不管你意识到还是没有意识到，大自然还是把虚无缥缈的时间用具体的东西暗示给了人们。比如用日出日落标志出一天，用月亮的圆缺标志出一月，用四季（在印度是六季或者两季）标志出一年。农民最关心这些问题，一年二十四个节气对他们种庄稼有重要意义。在自然科学家和哲学家眼中，时间具有另外的意义。他们说，大千世界，人类万物，都生长在时间和空间内，而时间是无头无尾的，空间是无边无际的。我既不是自然科学家，也不是哲学家，对无头无尾和无边无际实在难以理解。可是不这样又能怎样呢？如果时间有了头尾，头以前尾以后又是什么呢？因此，难以理解也只得理解，此外更没有其他途径。

时间的神秘，是哲学家、科学家研究的对象。

生与死也属于时间范畴。一般人总是把生与死绝对对立起来。但是，中国古代的道家却主张“万物方生方死”，把生与死辩证地联系在一起，而且准确无误地道出了生即是死的关系。随着座钟秒针的一跳，我自己就长了无法用言语表达出来的那么一点点儿。同时也就是向着死亡走近了那么一点点儿。不但我是这样，现在正是初夏，窗外的玉兰花、垂柳和深埋在清塘里的荷花，也都长了那么一点点儿。不久前还是冰封的湖水，现在是“风乍起，吹皱一池

夏水”，波光潋滟，水色接天。岸上的垂杨，从光秃秃的枝条上逐渐长出了小叶片，一转瞬间，出现了一片鹅黄；再一转瞬，就是一片嫩绿，现在则是接近浓绿了。小山上原来是一片枯草，“一夜东风送春暖，满山开遍二月兰”。今年是二月兰的大年，山上地下，只要有空隙，二月兰必然出现在那里，座钟的秒针再跳上多少万次，二月兰即将枯萎，也就是走向暂时的死亡了。所有这些东西，都是方生方死。这是自然的规律，不可逆转的。

古代道家的“方生方死”，印度的时间也是死亡，这些都是对时间生死通脱的认识。

印度人是聪明的，他们把时间和死亡视为一物。梵文 hala，既是“时间”，又是“死亡或死神”。《罗摩衍那》的主人公罗摩，在活了极长的时间以后，hala 走上门来，这表示他就要死亡了。罗摩泰然处之，既不“饮恨”，也不“吞声”。他知道这是自然规律，人类是无能为力的。我们今天知道，不但人类是这样，世界上万事万物都有始有终，无一例外。“顺其自然”是最好的办法。我在这里顺便说一下。在梵文里，动词“死”的字根是 mn；但是此字不用 manati 来表示现在时，而是用被动式 mniyati(ti)，这表示，印度人认为“死”是被动的，主动自杀者究属少数。

但偏偏有人不能正确看待时间生死，一味追求长生。作者以调侃之语审视了此种现象。

同印度人比较起来，中国人大概希望争取长生。越是有钱有势的人越希望活下去，在旧社会里生活在水深火热中的小百姓，决不会愿意长远活下去的。而富有天下的天子则热切希望长生。中国历史上几位有名的英主，莫不如此。秦始皇和汉武帝都寻求不死之药或者仙丹什么的。连唐太宗都是服用了印度婆罗门的“仙药”而中毒身亡的。老百姓书呆子中也有寻求肉身升天的，而且连鸡犬都带了上去。我这个木头脑袋瓜真想也想不通。如果真有那么一个"天"的话,人数也不会太多。升到那里去干些什么呢?那里不会有官僚衙门,想走后门靠贿赂来谋求升官,没有这个可能。那里也不会有什么市场,什么WTO,想发财也英雄无用武之地。想打麻将,唱卡拉OK,唱几天,打几天,还是会有兴趣的,但让你一月月一年年永远打下去,你受得了吗?养鸡喂狗,永远喂下去,你也受不了。"不为无益之事,何以遣有涯之生!"无益之事天上没有。在天上待长了,你一定会自杀的。苏东坡说"起舞弄清影,何似在人间!"是有见地之言。我们还是老老实实待在人间吧。

要待在人间,就必须受时间的制约。在时间面前,人人平等。如果想不通我在上面说的那一些并不深奥的道理,时间就变成了枷锁,让你处处感到不舒服。但是,如果真想通了,则戴着枷锁跳舞反而更能增加一些意想不到的兴趣。我自认是想通了。现在照样一抬头就看到书桌上座钟的秒针一跳一跳地向前走动,但是我的心却不跳了。我觉得这是时间给我提醒儿,让我知道时间的价值。"一寸光阴不可轻",朱子这一句诗对我这个年过九十的老头儿也是适用的。

时间不可逆,但是我们可以通过重视时间来实现价值。我们都应该学学时间管理。

漫谈撒谎

一

提出不撒谎是我们一贯接受的教导。但“笼统来说，这是无可非议的”一句，又为下文分析留下缓冲的余地。

世界上所有的堂堂正正的宗教，以及古往今来的贤人哲士，无不教导人们：要说实话，不要撒谎。笼统来说，这是无可非议的。

最近读日本稻盛和夫、梅原猛著，卞立强译的《回归哲学》，第四章有梅原和稻盛二人关于不撒谎的议论。梅原说：“不撒谎是最起码的道德。自己说过的事要实行，如果错了就说错了——我希望现在的领导人能做到这样最普通的事。苏格拉底可以说是最早的哲学家。在苏格拉底之前有些人自称是诡辩家、智者。所谓诡辩家，就是能把白的说成黑的，站在A方或反A方同样都可以辩论。这样的诡辩家教授辩论术，曾经博得人们欢迎。原因是政治需要颠倒黑白的辩论术。”

在这里，我想先对梅原的话加上一点注解。他所说的“现在领导人”，指的是像日本这样国家的政客。他所说的“政治需要颠倒黑白的辩论术”，指的是古代希腊的政治。

梅原在下面又说：“苏格拉底通过对话揭露了掌握这种辩论术的诡辩家的无智。因而他宣称自己不是诡辩家，不是智者，而是‘爱智者’。这是最初的哲学。我认为哲学家应当回归其原点，恢复语言的权威。也就是说，道德的原点是‘不撒谎’……不撒谎是道德的基本和核心。”

引用日本著名哲学家梅原猛的话语，分析撒谎和道德的关系，强调不撒谎的重要性。

梅原把“不撒谎”提高到“道德原点”的高度，可见他对这个问题是多么重视，我们且看一看他的对话者稻盛是怎样对待这个问题的。稻盛首先表示同意梅原的意见。可是，随后他就撒谎问题做了一些具体的分析。他讲到自己的经历。他说，有一个他景仰的颇有点浪漫气息的人对他说：“稻盛，不能说假话，但也不必说真话。”他听了这话，简直高兴得要跳起来。接着他就写了下面一段话：“我从小父母也是严格教导我不准撒谎。我当上了经营的负责人之后，心里还是这么想：说谎可不行啊！可是，在经营上有关企业的机密和人事等问题，有时会出现很难说真话的情况。我想我大概是为这些难题苦恼时而跟他商量的。他的这种回答在最低限度上贯彻了‘不撒谎’的态度，但又不把真实情况和盘托出。这样就可以求得局面的打开。”

引用著名企业家稻盛和夫的话语，提出了不撒谎和不说真话的矛盾。

上面我引用了两位日本朋友的话，一位是著名的文学家，一位是著名的企业家，他们俩都在各自的行当内经过了多年的考验磨炼，都富于人生经验。他们的话对我们会有启发的。我个人觉得，稻盛引用的他那位朋友的话：“不能说假话，但也不必说真话”，最值得我们深思。我的意思就是，对撒谎这类社会现象，我们要进行细致的分析。

二

我们中国的父母，同日本稻盛的父母一样，也总是教导子女：不要撒谎。可怜天下父母心，总希望自己的子女能做一个堂堂正正的人，一个诚实可靠的人。如果子女撒谎成性，就觉得自己脸面无光。

不但父母这样教导，我们从小受教育也接受这样要诚实、不撒谎的教育。我记得小学教科书上讲了一个故事，内容是：一个牧童在村外牧羊。有一天忽然想出了一个坏点子，大声狂呼："狼来了！"村里的人听到呼声，都争先恐后地拿上棍棒，带上斧刀，跑往村外。到了牧童所在的地方，那牧童却哈哈大笑，看到别人慌里慌张，觉得很开心，又很得意。谁料过了不久，果真有狼来了。牧童再狂呼时，村里的人都毫无动静，他们上当受骗一次，不想再蹈覆辙。牧童的结果怎样，就用不着再说了。

父母和教育都强调不说谎。

所有这一些教导都是好的，但是也有一个共同的缺点，就是缺乏分析。

但问题是我们对撒谎本身缺乏分析。

上面我说到，稻盛对撒谎问题是进行过一些分析的。同样，几百年前的法国大散文家蒙田(1533—1592)，对撒谎问题也是做过分析的。在《蒙田随笔》上卷第九章《论撒谎者》，蒙田写道："有人说，感到自己记性不好的人，休想成为撒谎者，这样说不无道理。我知道，语法学家对说假话和撒谎是做区别的。他们说，说假话是指说不真实的，但却信以为真的事，而撒谎一词源于拉丁语(我们的法语就源于拉丁语)，这个词的定义包含违背良知的意思，因此只涉及那些言与心违的人。”

大家一琢磨就能够发现，同样是分析，但日本朋友和蒙田的着眼点和出发点，都是不同的。其间区别是相当明显，用不着再来啰嗦。

记得鲁迅先生有一篇文章，讲的是一个阔人生子庆祝，宾客盈门，竞相献媚。有人说：此子将来必大富大贵。主人喜上眉梢。又有人说：此子将来必长命百岁。主人乐在心头。忽然有一个人说：此子将来必死。主人怒不可遏。但是，究竟谁说的是实话呢？

献媚者未必是真话，但却使人高兴。说孩子将来死去是大实话，但却使人动怒。鲁迅的文字揭示了有意思的一个现象。

写到这里，我自己想对撒谎问题来进行点分析。我觉得，德国人很聪明，他们有一个词儿 notluese，意思是“出于礼貌而不得不撒的谎”。一般说来，不撒谎应该算是一种美德，我们应该提倡。但是不能顽固不化。假如你被敌人抓了去，完全说实话是不道德的，而撒谎则是道德的。打仗也一样。我们古人说“兵不厌诈”，你能说这是不道德吗？我想，举了这两个小例子，大家就可以举一反三了。

作者是睿智的，教导我们思考问题要有分析。通常，我们在教育和被教育中，会简单直接地接受不撒谎。可通过作者分析，我们发现并非如此。正如作者所言，不撒谎是美德，但不应顽固不化。

容　忍

开宗明义。

人处在家庭和社会中,有时候恐怕需要讲点容忍的。

借助历史故事阐明要懂得容忍。

唐朝有一个姓张的大官,家庭和睦,美名远扬,一直传到了皇帝的耳中。皇帝赞美他治家有道,问他道在何处,他一气写了一百个“忍”字。这说得非常清楚:家庭中要互相容忍,才能和睦。这个故事非常有名。在旧社会,新年贴春联,只要门楣上写着“百忍家声”就知道这一家一定姓张。中国姓张的全以祖先的容忍为荣了。

容忍不是一件容易事。

但是容忍也并不容易。1935 年,我乘西伯利亚铁路的火车经苏联赴德国,车过中苏边界上的满洲里,停车四小时,由苏联海关检查行李。这是无可厚非的,入国必须检查,这是世界公例。但是,当时的苏联大概认为,我们这一帮人,从一个资本主义国家到另一个资本主义国家,恐怕没有好人,必须严查,以防万一。检查其他行李,我决无意见。但是,在哈尔滨买的一把最粗糙的铁皮壶,却成了被检查的首要对象。这里敲敲,那里敲敲,薄薄的一层铁皮决藏不下一颗炸弹的,然而他却敲打不止。我真有点无法容忍,想要发火。我身旁有一位年老的老外,是与我们同车的,看到我的神态,在我耳旁悄悄地说了句:Patience is the great virtue(容忍是很大的美德)。

我对他微笑，表示致谢。我立即心平气和，天下太平。

看来容忍确是一件好事，甚至是一种美德。但是，我认为，也必须有一个界限。我们到了德国以后，就碰到这个问题。旧时欧洲流行决斗之风，谁污辱了谁，特别是谁的女情人，被污辱者一定要提出决斗，或用手枪，或用剑。普希金就是在决斗中被枪打死的。我们到了的时候，此风已息，但仍发生。我们几个中国留学生相约：如果外国人污辱了我们自身，我们要揣度形势，主要要容忍，以东方的恕道克制自己。但是，如果他们污辱我们的国家，则无论如何也要同他们玩儿命，决不容忍。这就是我们容忍的界限。幸亏这样的事情没有发生，否则我就活不到今天在这里舞笔弄墨了。

作者提倡容忍，但并非一味忍让，更不是逆来顺受，而是一种有节制有界限的容忍。回忆往昔生活，也让我们感慨前辈们昔年国外求学的不易。

现在我们中国人的容忍水平，看了真让人气短。在公共汽车上，挤挤碰碰是常见的现象。如果碰了或者踩了别人，连忙说一声："对不起！"就能够化干戈为玉帛。然而有不少人连"对不起"都不会说了，于是就相吵相骂，甚至于扭打，甚至打得头破血流。我们这个伟大的民族怎么竟变成了这个样子！我在自己心中暗暗祝愿：容忍兮，归来！

为什么要提倡容忍？原来我们社会中缺失了容忍。文章结尾提出这个问题的现实的针对性。容忍是克制，是礼仪，是可以生出和谐的。

毁 誉

开篇提出异说，主张见解标新立异，令人耳目一新。

古代豁达之人倡导把毁誉置之度外。我则另持异说，我主张把毁誉置之度内。

颟顸，糊涂马虎。

置之度外，可能表示一个人心胸开阔；但是，我有点担心，这有可能表示一个人的糊涂或颟顸。

谈靠不住的毁誉，为下文要对毁誉作分析张本。

我记得在什么笔记上读到过一个故事。一个人最心爱的人，只有一只眼。于是他就觉得天下人(一只眼者除外)都多长了一只眼。这样的毁誉能靠得住吗？

借助自身遭遇作为有力支撑，强调对毁誉要作分析。

孔门贤人子路“闻过则喜”，古今传为笑谈。我根本做不到，而且也不想做到，因为我要分析：是谁说的？在什么时候，在什么地点，因为什么而说的？分析完了以后，再定“则喜”，或是“则怒”。喜，我不会过头。怒，我也不会火冒三丈，怒发冲冠。孔子说：“野哉，由也广。”大概子路是一个粗线条的人物，心里没有像我上面说的那些弯弯绕。我自己有一个颇为不寻常的经验。我根本不知道世界上有某一位学者，过去对于他的存在，我一点都不知道；然而，他却同我结了怨。因为，我现在所占有的位置，他认为本来是应该属于他的，是我这个“鸠”把他这个“鹊”的“巢”给占据了。因此，勃然对我心怀不满。我被蒙在鼓里，很久很久，最后才有人透了点风给我。我不知道，天下竟有这种事，只能一笑置之。不这样又能怎样呢？我想向他道歉，挖空心思，也找不出丝毫理由。

大千世界，芸芸众生，由于各人禀赋不同，遗传基因不同，生活环境不同，所以各人的人生观、世界观、价值观、好恶观等等，都不会一样，都会有点差别。比如吃饭，有人爱吃辣，有人爱吃咸，有人爱吃酸，如此等等。又比如穿衣，有人爱红，有人爱绿，有人爱黑，如此等等。在这种情况下，最好是各人自是其是，而不必非人之非。俗话说“各人自扫门前雪，不管他人瓦上霜。”这话本来有点贬意，我们可以正用。每个人都会有友，也会有“非友”，我不用“敌”这个词儿，避免误会。友，难免有誉；非友，难免有毁。碰到这种情况，最好抱上面所说的分析的态度，切不要笼而统之，一锅糊涂粥。

作者用穿衣吃饭这样形象的说法提醒人们，对“誉”要冷静分析，不要人云亦云；对“毁”要区别对待，大可不必在意。

好多年来，我曾有过一个“良好”的愿望：我对每个人都好，也希望每个人对我都好。只望有誉，不能有毁。最近我恍然大悟。那是根本不可能的。如果真有一个人，人人都说他好，这个人很可能是一个极端圆滑的人，圆滑到琉璃球又能长只脚的程度。

结尾借助形象比喻，呼应开头。所谓把毁誉置之度内，就是要理性看待，区别分析。

爱 情

一

人们常说,爱情是文艺创作的永恒主题。不同意这个意见的人,恐怕是不多的。爱情同时也是人生不可缺少的东西。即使后来出家当了和尚,与爱情完全“拜拜”;在这之前也曾趟过爱河,受过爱情的洗礼,有名的例子不必向古代去搜求,近代的苏曼殊和弘一法师就摆在眼前。

爱情是永恒主题,不可或缺,然而又神秘玄乎。在反差当中推出爱情主题,逗人一思。

可是为什么我写《人生漫谈》已经写了三十多篇还没有碰爱情这个题目呢?难道爱情在人生中不重要吗?非也。只因它太重要,太普遍,但却又太神秘,太玄乎,我因而不敢去碰它。

中国俗话说:“丑媳妇迟早要见公婆的。”我迟早也必须写关于爱情的漫谈的。现在,适逢有一个机会:我正读法国大散文家蒙田的随笔《论友谊》这一篇,里面谈到了爱情。我干脆抄上几段,加以引申发挥,借他人的杯,装自己的酒,以了此一段公案。以后倘有更高更深刻的领悟,还会再写的。

蒙田说:我们不可能将爱情放在友谊的位置上。“我承认,爱情之火更活跃,更激烈,更灼热……但爱情是一种朝三暮四、变化无常的感情,它狂热冲动,时高时低,忽冷忽热,把我们系于一发之上。而友谊是一种普遍和通用的热情……再者,爱情不过是一种疯狂的欲望,越是躲避的东西越要追求……爱情一旦进入友谊阶段,也就是说,进入意愿相投的阶段,它就会衰弱和消逝。爱情是以身体的快感为目的,一旦享有了,就不复存在。”

总之,在蒙田眼中,爱情比不上友谊,不是什么好东西。我个人觉得,蒙田的话虽然说得太激烈,太偏颇,太极端;然而我们却不能不承认,它有合理的实事求是的一方面。

引用蒙田言论后分析爱情。

根据我个人的观察与思考,我觉得,世人对爱情的态度可以笼统分为两大流派:一派是现实主义,一派是理想主义。蒙田显然属于现实主义,他没有把爱情神秘化、理想化。如果他是一个诗人的话,他也绝不会像一大群理想主义的诗人那样,写出些卿卿我我,鸳鸯蝴蝶,有时候甚至拿肉麻当有趣的诗篇,令普天下的才子佳人们击节赞赏。他干净利落地直言不讳,把爱情说成是“朝三暮四、变化无常的感情”。对某一些高人雅士来说,这实在有点大煞风景,仿佛在佛头上着粪一样。

“佛头上着粪”这样的比喻轻松幽默,但又恰到好处地点出现实主义爱情和理想(浪漫)主义爱情的不同。

我不才,窃自附于现实主义一派。我与蒙田也有不同之处:我认为,在爱情的某一个阶段上,可能有纯真之处。否则就无法解释日本青年恋人在相爱达到最高潮时有的就双双跳入火山口中,让他们的爱情永垂不朽。

与其说作者是现实派,不如说是综合派,他承认了爱情纯真美好的一面,没有囿于蒙田的论调。思考要保持独立性。

二

像这样的情况,在日本恐怕也是极少极少的。

在别的国家,则未闻之也。

当然,在别的国家也并不缺少歌颂纯真爱情的诗篇、戏剧、小说,以及民间传说。莎士比亚的《罗密欧与朱丽叶》,中国的梁山伯与祝英台是世所周知的。谁能怀疑这种爱情的纯真呢?专就中国来说,民间类似梁祝爱情的传说,还能够举出不少来。至于"誓死不嫁"和"誓死不娶"的真实的故事,则所在多有。这样一来,爱情似乎真同蒙田的说法完全相违,纯真圣洁得不得了啦。

文学艺术中的爱情。罗密欧与朱丽叶、梁山伯与祝英台、刘兰芝与焦仲卿,确实,爱情是文学永恒的主题,带给人以浪漫美好的感受与想象。

我在这里想分析一个有名的爱情的案例。这就是杨贵妃和唐玄宗的爱情故事,这是一个古今艳称的故事。唐代大诗人白居易的《长恨歌》歌颂的就是这一件事。你看,唐玄宗失掉了杨贵妃以后,他是多么想念,多么情深:"夕殿萤飞思悄然,孤灯挑尽未成眠。"这一首歌最后两句诗是"天长地久有时尽,此恨绵绵无绝期"。写得多么动人心魄,多么令人同情,好像他们两人之间的爱情真正纯真到了无以复加的程度。但是,常识告诉我们,爱情是有排他性的,真正的爱情不容有一个第三者。可是唐玄宗怎样呢?"后宫佳丽三千人",小老婆真够多的。即使是"三千宠爱在一身",这"在一身"能可靠吗?白居易以唐代臣子,竟敢乱谈天子宫闱中事,这在明清是绝对办不到的。这先不去说它,白居易真正头脑简单到相信这爱情是纯真的才加以歌颂吗?抑或另有别的原因?

"童子解吟长恨歌",唐明皇与杨贵妃的爱情故事传颂不已,出现在无数诗歌、戏剧、小说中。但作者又提出,类似《长恨歌》这样写爱情的诗篇,可能也有作者的言外之意。

这些封建的爱情"俱往矣"。今天我们怎样对待爱情呢?我明人不说暗话,我是颇有点同意蒙田的意见的。中国古人说:"食、色,性也。"爱情,特别是结婚,总是同"色"相联系的。家喻户晓的《西厢记》歌颂张生和崔莺莺的爱情,高潮竟是一幕"酬简",也就是"以身相许"。个中消息,很值得我们参悟。

我们今天的青年怎样对待爱情呢?这我有点不大清楚,也没有什么青年人来同我这望九之年的老古董谈这类事情。据我所见所闻,那一套封建的东西早为今天的青年所扬弃。如果真有人想向我这爱情的盲人问道的话,我也可以把我的看法告诉他们的。如果一个人不想终生独身的话,他必须谈恋爱以至结婚。这是"人间正道"。但是千万别浪费过多的时间,终日卿卿我我,闹得神魂颠倒,处心积虑,不时闹点小别扭,学习不好,工作难成,最终还可能是"竹篮子打水一场空"。这真是何苦来!我并不提倡二人"一见倾心",立即办理结婚手续。我觉得,两个人必须有一个互相了解的过程。这过程不必过长,短则半年,多则一年。余出来的时间应当用到刀刃上,搞点事业,为了个人,为了家庭,为了国家,为了世界。

一定程度上,爱情是门必修课。也许季老的建议多少会给年轻人一些借鉴。

三

已经写了两篇关于爱情的短文,但觉得仍然是言犹未尽,现在再补写一篇。像爱情这样平凡而又神秘的东西,这样一种社会现象或心理活动,即使再将篇幅扩大十倍,二十倍,一百倍,也是写不完的。补写此篇,不过聊补前两篇的一点疏漏而已。

在旧社会实行"父母之命,媒妁之言"的办法,男女青年不必伤任何脑筋,就入了洞房。我们可以说,包办婚姻和现代婚姻，都体现出了爱情复杂神秘的一面。

结婚是爱情的开始。但是，不要忘记，也有“绿叶成荫子满枝”而终于不知爱情为何物的例子，而且数目还不算太少。到了现代，实行自由恋爱了，有的时候竟成了结婚是爱情的结束。西方和当前的中国，离婚率颇为可观，就是一个具体的例证。据说，有的天主教国家教会禁止离婚。但是，不离婚并不等于爱情能继续，只不过是外表上合而不离，实际上则各寻所欢而已。

爱情既然这样神秘，相爱和结婚的机遇——用一个哲学的术语就是偶然性——又极其奇怪，极其突然，绝非我们个人所能掌握的。在困惑之余，东西方的哲人俊士束手无策，还是老百姓有办法，他们乞灵于神话。

一讲到神话，据我个人的思考，就有中外之分。西方人创造了一个爱情，叫做 Jupiter 或 Cupid，是一个手持弓箭的童子，他的箭射中了谁，谁就坠入爱河。印度古代文化毕竟与欧洲古希腊、罗马有缘，他们也创造了一个叫做 Kmaolliva 的爱神，也是手持弓箭，被射中者立即相爱，绝不敢有违。这个神话当然是同一来源，此不见论。

在中国，我们没有“爱神”的信仰，我们另有办法。我们创造了一个月老，他手中拿着一条红线，谁被红线拴住，不管是相距多么远，天涯海角，恍若比邻，二人必然走到一起，相爱结婚。从前西湖有一座月老祠，有一副对联是天下闻名的：“愿天下有情人都成了眷属，是前生注定事莫错过姻缘。”多么质朴，多么有人情味！只有对某些人来说，“前生”和“姻缘”显得有点渺茫和神秘。可是，如果每一对夫妇都

西方的丘比特，印度的爱神，中国的月老，这些神话中都寄寓着人们对爱情美好的想象和祝福。

回想一下你们当初相爱和结婚的过程的话，你能否定月老祠的这一副对联吗？

我自己对这副对联是无法否认的，但又找不到“科学根据”。我倒是想忠告今天的年轻人，不妨相信一下。我对现在西方和中国青年人的相爱和结婚的方式，无权说三道四，只是觉得不大能接受。我自知年已望九，早已属于博物馆中的人物，我力避发九斤老太之牢骚，但有时又如骨鲠在喉不得不一吐为快耳。

论压力

由读报引出关于压力的话题。

《参考消息》曾经以半版的篇幅介绍过外国学者关于压力的说法。我也正考虑这个问题,因缘和合,不免唠叨上几句。

什么叫“压力”?上述文章中说:“压力是精神与身体对内在与外在事件的生理与心理反应。”我一向认为,定义这玩意儿,除在自然科学上可能确切外,在人文社会科学上则是办不到的。上述定义我看也就行了。

枚举例子说明压力处处有。

是不是每一个人都有压力呢?我认为,是的。我们常说,人生就是一场拼搏,没有压力,哪来的拼搏?佛家说,生、老、病、死、苦,苦也就是压力。过去的国王、皇帝,近代外国的独裁者,无法无天,为所欲为,看上去似乎一点压力都没有。然而他们却战战兢兢,时时如临大敌,担心边患,担心宫廷政变,担心被毒害被刺杀。他们是世界上最孤独的人,压力比任何人都大。大资本家钱太多了,担心股市升降,房地产价格波动,等等。至于吾辈平民老百姓,“家家有一本难念的经”,这些都是压力,谁能躲得开呢?

压力是好事还是坏事?我认为是好事。从大处来看,现在全球环境污染,生态平衡破坏,臭氧层出洞,人口爆炸,新疾病丛生等等,人们感觉到了,这当然就是压力,然而压出来却是增强忧患意识,增强防范措施，这难道不是天大的好事吗？对一般人来说，法律和其他一切合理的规章制度，都是压力。然而这些压力何等好啊！没有它，社会将会陷入混乱，人类将无法生存。这个道理极其简单明了，一说就懂。我举自己做一个例子。我不是一个没有名利思想的人——我怀疑真有这种人，过去由于一些我曾经说过的原因，表面上看起来，我似乎是淡泊名利，其实那多半是假象。但是，到了今天，我已至望九之年，名利对我已经没有什么用，用不着再争名于朝，争利于市，这方面的压力没有了。但是却来了另一方面的压力，主要来自电台采访和报刊以及友人约写文章。这对我形成颇大的压力。以写文章而论，有的我实在不愿意写，可是碍于面子，不得不应。应就是压力。于是“拨冗”苦思，往往能写出有点新意的文章。对我来说，这就是压力的好处。

季老人生境界高明，深谙“没有压力就没有动力”；并举自身例子，现身说法，亲切自然。常人一般视压力为苦难，抑郁不可自拔，不妨学学季老的本事。

压力如何排除呢？粗略来分类，压力来源可能有两类：一被动，一主动。天灾人祸，意外事件，属于被动，这种压力，无法预测，只有泰然处之，切不可杞人忧天。主动的来源于自身，自己能有所作为。我的“三不主义”的第三条是“不嘀咕”，我认为，能做到遇事不嘀咕，就能排除自己造成的压力。

“不嘀咕”很形象。什么是不嘀咕？其实就是面对压力，不怨天尤人，不凄凄怨怨，少生牢骚，坦然面对，合理处置。

论正义

我先说一件小事情：

> 1935 年清华大学与德国签订交换研究生的协定，季羡林应考被录取。同年 9 月赴德国入哥廷根大学，主修印度学。1941 年毕业获哲学博士学位。

我到德国以后，不久就定居在一个小城里，住在一座临街的三层楼上。街上平常很寂静，几乎一点声音都没有，只有一排树寂寞地站在那里。但有一天的下午，下面街上却有了骚动。我从窗子里往下一看，原来是两个孩子在打架。一个有十四五岁，另外一个顶多也不过八九岁，两个孩子平立着，小孩子的头只达到大孩子的胸部。无论谁也一看就知道，这两个孩子真是实力悬殊，不是对手。果然刚一交手，小孩子已经被打倒在地上，大孩子就骑在他身上，前面是一团散乱的金发，背后是两只舞动着的穿了短裤的腿，大孩子的身躯仿佛一座山似的镇在中间。清脆的手掌打到脸上的声音就拂过繁茂的树枝飘上楼来。

> 描写生动，相同的内容第一次出现。

几分钟后，大孩子似乎打得疲倦了，就站了起来，小孩子也随着站起来。大孩子忽然放声大笑，这当然是胜利的笑声。但小孩子也不甘示弱，他也大笑起来，笑声超过了大孩子。

这似乎又伤了大孩子的自尊心，跳上去，一把抓住小孩子的金发，把他按在地上，自己又骑到他身上。面前仍然又是一团散乱的金发，背后是两只舞动的腿。清脆的手掌打到脸上的声音又拂过繁茂的

> 第二次出现相似内容。看似重复，然纵观全文，方能体味作者用心。

树枝飘上楼来。

这时观众愈来愈多,大半都是大人,有的把自行车放在路边也来观战,战场四周围满了人。但却没有一个人来劝解。等大孩子第二次站起来再放声大笑的时候,小孩子虽然还勉强奉陪,但眼睛里却已经充满了泪。他仿佛是一只遇到狼的小羊,用哀求的目光看周围的人,但看到的却是一张张含有轻蔑讥讽的脸。他知道从他们那里绝对得不到援助了。抬头猛然看到一辆自行车上有打气的铁管,他跑过去,把铁管抢在手里,预备回来再战。但在这时候却有见义勇为的人们出来干涉了。他们从他手里把铁管夺走,把他申斥了一顿,说他没有勇气,大孩子手里没有武器,他也不许用。结果他又被大孩子按在地上。

我开头就注意到住在对面的一位胖太太在用水擦窗子上的玻璃。大战剧烈的时候,我就把她忘记了。其间她做了些什么事情,我丝毫没看到。等小孩子第三次被按到地上,我正在注视着抓在大孩子手里的小孩子的散乱的金发和在大孩子背后舞动着的双腿,蓦地有一条白光从对面窗子里流出来,我连吃惊都没来得及,再一看,两个孩子身上已经满是水,观众也有沾了光的。大孩子立刻就起来,抖掉身上的水,小孩子也跟着爬起来,用手不停地摸头,想把水挤出来。大孩子笑了两声,小孩子也放声狂笑。观众也都大笑着,走散了。

开篇浓墨重彩,耗费相当笔墨,回想当年在德国看到的一件小事。生动固然,但读之不仅生疑,这和“正义”是什么关系?在疑惑中逗起下文。

我开头就说到这是一件小事情,但我十几年来多少大事情都忘记了,却偏不能忘记这小事情,而且有时候还从这小事情想了开去,想到许多国家大事。

从小事联系到国家大事,抛出正义的话题。我们理解的正义,往往是基于弱者的地位，同情弱者，希望强者主持正义。

日本占领东北的时候，我正在北平的一个大学里做学生。当时政府对日本一点办法都没有，尽管学生怎样请愿，怎样卧轨绝食，政府却只能搪塞。无论嘴上说得多强硬，事实上却把一切希望都放在国际联盟上，梦想欧美强国能挺身出来主持“正义”。我当时虽然对政府的举措一点都不满意，但我也很天真地相信世界上有“正义”这一种东西，而且是可以由人来主持的。我其实并没有思索，究竟什么是“正义”，我只是直觉地觉得这东西很是具体，一点也不抽象神秘。这东西既然有，有人来主持也自然是应当的。中国是弱国，日本是强国，以强国欺侮弱国，我们虽然丢了几省的地方，但有谁会说“正义”不是在我们这边呢？当然会有人替我们出来说话了。

但我很失望，我们的政府也同样失望。我当然很愤慨，觉得欧美列强太不够朋友，明知道“正义”是在我们这边，却只顾打算自己的利害，不来帮忙。我想我们的政府当道诸公也大概有同样的想法，而且一直到现在，事情已经过去十几年了，他们还似乎没有改变想法，他们对所谓“正义”还没有失掉信心。虽然屡次希望别人出来主持“正义”而碰了钉子，他们还仍然在那里做梦，梦到在虚无缥缈的神仙那里有那么一件东西叫作“正义”。最近大连问题就是个好例子。

梦也罢，奇迹也罢，说明正义并非我们理解的那样。

对政府这种坚忍不拔的精神和毅力，我非常佩服。但我更佩服的是政府诸公的固执。我自己现在却似乎比以前聪明点了，我现在已经确切知道了，世界上，除了在中国人的心里以外，并没有“正义”这一种东西，我仿佛学佛的人蓦地悟到最高的智慧，心里的快乐没有法子形容。让我得到这样一个奇迹似的“顿悟”的，就是上面说的那一件小事情。

那一件小事情虽然发生在德国，但从那里抽绎出来的教训却对欧美各国都适用。说明白点就是，欧美各国所崇拜的都是强者，他们只对强者有同情，物质方面的强同精神方面的强都一样，而且他们也不管这“强”是怎样造成的。譬如上面说到的那两个孩子，大孩子明明比小孩子大很多岁，身体也高得多，力量当然也强。相形之下，小孩子当然是弱小者，而且对这弱小他自己一点都不能负责任；但德国人却不管这许多。只要大孩子能把小孩子打倒，在他们眼里，大孩子就成了英雄。他们能容许一个大孩子打一个小孩子，但却不容许小孩子利用武器，这是不是因为他们认为倘用武器就不算好汉？或者认为这样就不 fairplay？这一点我还不十分清楚。

我不是哲学家，但我却想这样谈一个有点近于哲学的问题，我想把上面说的话引申一下，来谈一谈欧洲文明的特点。据我看欧洲文明一个最显著的特点就是力的崇拜，身体的力和智慧的力都在内。这当然不自今日始，在很早的时候，他们已经有了这个倾向，所以他们要征服自然，要到各处去探险，要做别人不敢做的事情。在中世纪的时候，一个法官判决一个罪犯，倘若罪犯不服，他不必像现在这样麻烦，要请律师上诉，他只要求同法官决斗，倘若他胜了，一切判决就都失掉了效用。现在罪犯虽然不允许同法官决斗了，但决斗的风气仍然流行在民间。一提到决斗，他们千余年来制定的很完整的法律就再没有说话的权利，代替法律的是手枪、利剑。另外

力量就是正义，揭示西方世界的“正义观”。为什么打架中的小孩子不被同情，为什么在我们国难当中没有西方列强主持正义，至此了然。

还可以从一件小事情上看出这种倾向。在德国骂人，倘若应用我们的“国骂”，即便是从妈开始一直骂到三十六代的祖宗，他们也只摇摇头，一点不了解。倘若骂他们是猪、是狗，他们也许会红脸。但倘若骂他们是懦夫（Feigline），他们立刻就会跳起来同你拼命。可见他们认为没有勇气、没有力量是最可耻的事情。反过来说，无论谁，只要有勇气，有力量，他们就崇拜，根本不问这勇气、这力量用得是不是合理。谁有力量，“正义”就在谁那里。力量就等于“正义”。

再举俄国的实例，阐释西方的“力量就是正义”。

我以前每次读俄国历史，总有一个问题：为什么那几个比较软弱而温和的皇帝都给人民杀掉，而那几个刚猛暴戾而残酷的皇帝，虽然当时人民怕他们，或者甚至恨他们，然而时代一过就成了人民崇拜的对象？最好的例子就是伊凡四世。他当时残暴无道，拿杀人当儿戏，是一个在心理和生理方面都不正常的人，所以人民给他送了一个外号叫作“可怕的伊凡”。可见当时人民对他的感情并不怎样好。但时间一久，这坏感情全变了，民间产生了许多歌来歌咏甚至赞美这“可怕的伊凡”。在这些歌里，他已经不是“可怕的”，而是为人民所爱戴的人物了。这情形并不限于俄国，在别的地方也可以遇到。譬如希特勒，在他生前固然为人民所爱戴拥护，当他把整个的德国带向毁灭、自己也毁灭了以后，成千万的人没有房子住，没有东西吃；几百年以来宏伟的建筑都烧成了断瓦颓垣；一切文化精华都荡然无存。论理德国人应该怎样恨他，但事实却正相反，我简直没有遇到多少真正恨他的人，这不是有点不可解么？但倘若我们从上面说到的观点来看，就会觉得这一点都不奇怪了，可怕的伊凡和更可怕的希特勒都是强者，都有力量，力量就等于“正义”。

回来再看我们中国，就立刻可以看出来，我们对“正义”的看法同欧洲人不大相同。我虽然在任何书里还没有找到关于“正义”的定义，但一般人却对“正义”都有一个不成文法的共同看法，只要有正义感的人绝不许一个十四五岁的大孩子打一个八九岁的小孩子。在小说里我们常看到一个豪杰或剑客走遍天下，专打抱不平，替弱者帮忙。虽然一般人未必都能做到这一步，但却没有人不崇拜这样的英雄。中国人因为世故太深，所以弄到“各扫自家门前雪，不管他人瓦上霜”，有时候不敢公然出来替一个弱者说话，但他们心里却仍然给弱者表同情。这就是他们的正义感。

中国与之不同，我们不是崇拜强者，而是同情弱者。

这正义感当然是好的，但可惜时代变了，我们被拖到现代的以白人为中心的世界舞台上去，又适逢我们自己泄气，处处受人欺侮。我们自己承认是弱者，希望强者能主持“正义”来帮我们的忙。却没有注意，我们心里的“正义”同别人的“正义”完全不是一回事，我们自己虽然觉得“正义”就在我们这里，但在别人眼里，我们却只是可怜的丑角、低能儿。欧美人之所以不帮助我们，并不像我们普通想到的，这是他们的国策。事实上他们看了我们这种猥猥琐琐不争气的样子，从心里感到厌恶。一个敢打欧美人耳光的中国人在欧美人心目中的地位比一个只会向他们谄笑鞠躬的高等华人高得多。只有这种人他们才从心里佩服。可惜我们中国人很少有勇气打一个外国人的耳光，只会谄笑鞠躬，虽然心被填满了“正

我们同情弱者，但不幸，我们就处于弱者的地位，所以当我们受到欺侮希望西方列强主持正义的时候，就和他们的崇拜力量、重视强者发生了冲突。

义”，也一点用都没有，仍然是左碰一个钉子，右碰一个钉子，一直碰到现在，还有人在那里做梦，梦到在虚无缥缈的神仙那里有那么一件东西叫作“正义”。

我希望我们赶快从这梦里走出来。

简单的结尾，却意味深长。这包含着我们国家近现代以来多少的屈辱。不是强者，不会被人崇拜；作为弱者被欺侮，又被鄙薄。从梦中醒来，寄寓作者希望我们国家不断地强大起来，不被人欺凌，能主持正义。

不完满才是人生

每个人都争取一个完满的人生。然而,自古及今,海内海外,一个百分之百完满的人生是没有的。所以我说,不完满才是人生。

人人期待完满,但作者却说"不完满才是人生",又是另辟蹊径。

关于这一点,古今的民间谚语,文人诗句,说到的很多很多。最常见的比如苏东坡的词:"人有悲欢离合,月有阴晴圆缺,此事古难全。"南宋方岳(根据吴小如先生考证)诗句:"不如意事常八九,可与人言无二三。"这都是我们时常引用的,脍炙人口的。类似的例子还能够举出成百上千来。

诗词中的证据。

这种说法适用于一切人,旧社会的皇帝老爷子也包括在里面。他们君临天下,"率土之滨,莫非王土",可以为所欲为,杀人灭族,小事一端,按理说,他们不应该有什么不如意的事。然而,实际上,王位继承,宫廷斗争,比民间残酷万倍。他们威仪俨然地坐在宝座上,如坐针毡。虽然捏造了"龙御上宾"这种神话,他们自己也并不相信。他们想方设法以求得长生不老,他们最怕"一旦魂断,宫车晚出"。连英主如汉武帝、唐太宗之辈也不能"免俗"。汉武帝造承露金盘,妄想饮仙露以长生;唐太宗服印度婆罗门的灵药,期望借此以不死。结果,事与愿违,仍然是"龙御上宾"呜呼哀哉了。

帝王的证据。

在这些皇帝手下的大臣们,"一人之下,万人之

大臣的证据。

上”，权力极大，骄纵恣肆，贪赃枉法，无所不至。在这一类人中，好东西大概极少，否则包公和海瑞等决不会流芳千古，久垂宇宙了。可这些人到了皇帝跟前，只是一个奴才，常言道：伴君如伴虎，可见他们的日子并不好过。据说明朝的大臣上朝时在笏板上夹带一点鹤顶红，一旦皇恩浩荡，钦赐极刑，连忙用舌尖舔一点鹤顶红，立即涅槃，落得一个全尸。可见这一批人的日子也并不好过，谈不到什么完满的人生。

平民百姓的证据。

至于我辈平头老百姓，日子就更难过了。建国前后，不能说没有区别，可是一直到今天仍然是“不如意事常八九”。早晨在早市上被小贩“宰”了一刀；在公共汽车上被扒手割了包，踩了人一下，或者被人踩了一下，根本不会说“对不起”了，代之以对骂，或者甚至演出全武行；到了商店，难免买到假冒伪劣的商品，又得生一肚子气。谁能说，我们的人生多是完满的呢？

再说我们这一批手无缚鸡之力的知识分子，在历史上一生中就难得过上几天好日子。只一个“考”字，就能让你谈“考”色变。“考”者，考试也。在旧社会科举时代，“千军万马独木桥”，要上进，只有科举一途，你只需读一读吴敬梓的《儒林外史》，就能淋漓尽致地了解到科举的情况。以周进和范进为代表的那一批举人进士，其窘态难道还不能让你胆战心惊，啼笑皆非吗？

现在我们运气好，得生于新社会中。然而那一个“考”字，宛如如来佛的手掌，你别想逃脱得了。幼儿园升小学，考；小学升初中，考；初中升高中，考；高中升大学，考；大学毕业想当硕士，考；硕士想当博士，考。考，考，考，变成烤，烤，烤；一直到知命之年，厄运仍然难免。现代知识分子落到这一张密而不漏的天网中，无所逃于天地之间，我们的人生还谈什么完满呢？

知识分子的证据，古今比照，自古皆然。

灾难并不限于知识分子："人人有一本难念的经。"所以我说"不完满才是人生"。这是一个"平凡的真理"；但是真能了解其中的意义，对己对人都有好处。对己，可以不烦不躁；对人，可以互相谅解。这会大大地有利于整个社会的安定团结。

文章行文洋洋洒洒，透彻地阐释了不完满是人生的常态。重要的是，作者不仅仅是向我们灌输这样的认识，而是希望我们有了这样的认识后，对自己、对他人有更好的处理方式。明白这一点，颇能让人受益。

第四单元

DI SI DAN YUAN

怀乡思旧

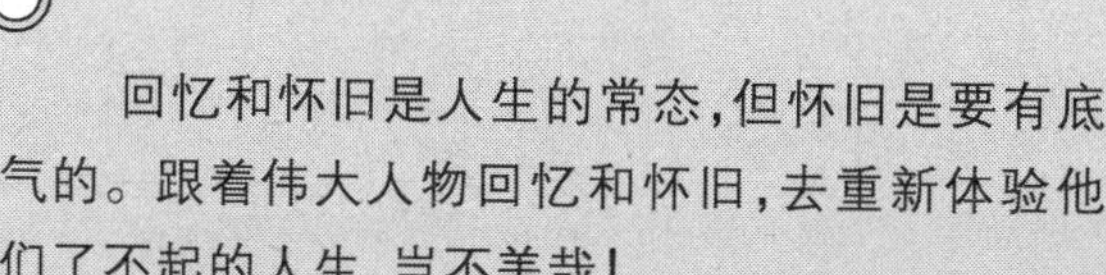

回忆和怀旧是人生的常态，但怀旧是要有底气的。跟着伟大人物回忆和怀旧，去重新体验他们了不起的人生，岂不美哉！

季羡林回忆母亲，怀念王妈，思念故乡，甚至对逝去的一草一木都充满感情。他更是在笔下倾注对鲁迅、胡适、老舍、沈从文、梁实秋这些师友最深沉的怀念。忆及往事，我们似乎对这些或平凡或伟大的人物有了更深一层的了解，从而使得那些人、那些事仿佛成为我们血液中的一部分，促成我们精神的成长。季羡林散文平淡但却最见深情，在怀旧这类文字中体现得最为鲜明。

赋得永久的悔

[题记]题目是韩小蕙小姐出的,所以名之曰“赋得”。但文章是我心甘情愿作的,所以不是八股。

韩小蕙,女,1954年生,北京人。曾任《光明日报》社《文荟》副刊主编,高级编辑。

我为什么心甘情愿作这样一篇文章呢?一言以蔽之,题目出得好,不但实获我心,而且先获我心;我早就想写这样一篇东西了。

我已经到了望九之年。在过去的七八十年中,从乡下到城里;从国内到国外;从小学、中学、大学到洋研究院;从“志于学”到超过“从心所欲不逾矩”,曲曲折折,坎坎坷坷。既走过阳关大道,也走过独木小桥;既经过“山重水复疑无路”,又看到“柳暗花明又一村”。喜悦与忧伤并驾,失望与希望齐飞,我的经历可谓多矣。要讲后悔之事,那是俯拾皆是。要选其中最深切、最真实、最难忘的悔,也就是永久的悔,那也是唾手可得,因为它片刻也没有离开过我的心。

一连串的“最”字,最强烈的语气,突出这“悔”的深刻。

我这永久的悔就是:不该离开故乡,离开母亲。

清晰直接地点出“悔”的内容。故乡、母亲是永恒的主题。

我出生在鲁西北一个极端贫困的村庄里。我们家是贫中之贫,真可以说是贫无立锥之地。十年浩劫中,我自己跳出来反对北大那一位倒行逆施但又炙手可热的“老佛爷”,被她视为眼中钉,必欲除之而

后快。她手下的小喽罗们曾两次窜到我的故乡，处心积虑地把我“打”成地主，他们那种狗仗人势穷凶极恶的教师爷架子，并没有能吓倒我的乡亲。我小时候的一位伙伴指着他们的鼻子，大声说：“如果让整个官庄来诉苦的话，季羡林家是第一家！”

写自己家庭的贫困。

这一句话并没有夸大，他说的是实情。我祖父母早亡，留下了我父亲等三个兄弟，孤苦伶仃，无依无靠。最小的一叔送了人。我父亲和九叔饿得没有办法，只好到别人家的枣林里去捡落到地上的干枣充饥。这当然不是长久之计。最后兄弟俩被逼背井离乡，盲流到济南去谋生。此时他俩也不过十几二十岁。在举目无亲的大城市里，必然是经过千辛万苦，九叔在济南落住了脚。于是我父亲就回到了故乡，说是农民，但又无田可耕。又必然是经过千辛万苦，九叔从济南有时寄点钱回家，父亲赖以生活。不知怎么一来，竟然寻上了媳妇，她就是我的母亲。母亲的娘家姓赵，门当户对，她家穷得同我们家差不多，否则也决不会结亲。她家里饭都吃不上，哪里有钱、有闲上学。所以我母亲一个字也不识，活了一辈子，连个名字都没有。她家是在另一个庄上，离我们庄五里路。这个五里路就是我母亲毕生所走的最长的距离。

读若 xin。

母亲也是苦命人。一生走过的最长距离就是五里路，固守大地的母亲这一代人的遭遇让人唏嘘。

北京大学那一位“老佛爷”要“打”成“地主”的人，也就是我，就出生在这样一个家庭里，就有这样一位母亲。

后来我听说，我们家确实也“阔”过一阵。大概在清末民初，九叔在东三省用口袋里剩下的最后五角钱，买了十分之一的湖北水灾奖券，中了奖。兄弟俩商量,要“富贵而归故乡”,回家扬一下眉,吐一下气。于是把钱运回家,九叔仍然留在城里,乡里的事由父亲一手张罗,他用荒唐离奇的价钱,买了砖瓦,盖了房子。又用荒唐离奇的价钱,置了一块带一口水井的田地。一时兴会淋漓,真正扬眉吐气了。可惜好景不长,我父亲又用荒唐离奇的方式,仿佛宋江一样,豁达大度,招待四方朋友。一转瞬间,盖成的瓦房又拆了卖砖、卖瓦。有水井的田地也改变了主人。全家又回归到原来的情况。我就是在这个时候,在这样的情况下降生到人间来的。

母亲当然亲身经历了这个巨大的变化。可惜,当我同母亲住在一起的时候,我只有几岁,告诉我,我也不懂。所以,我们家这一次陡然上升,又陡然下降,只像是昙花一现,我到现在也不完全明白。这谜恐怕要成为永恒的谜了。

不管怎样,我们家又恢复到从前那种穷困的情况。后来听人说,我们家那时只有半亩多地。这半亩多地是怎么来的,我也不清楚。一家三口人就靠这半亩多地生活。城里的九叔当然还会给点接济,然而像中湖北水灾奖那样的事儿,一辈子有一次也不算少了。九叔没有多少钱接济他的哥哥了。

家庭的变迁。偶尔的“阔”过,但基本是无立锥之地,作者苦孩子出身。

家里日子是怎样过的,我年龄太小,说不清楚。反正吃得极坏,这个我是懂得的。按照当时的标准,吃“白的”(指麦子面)最高,其次是吃小米面或棒子面饼子,最次是吃红高粱饼子,颜色是红的,像猪肝一样。“白的”与我们家无缘。“黄的”(小米面或棒子面饼子颜色都是黄的)与我们缘分也不大。终日为伍者只有“红的”。这“红的”又苦又涩,真是难以

颜色代表了生活的状况。

下咽。但不吃又害饿,我真有点谈“红”色变了。

但是,小孩子也有小孩子的办法。我祖父的堂兄是一个举人,他的夫人我喊她奶奶。他们这一支是有钱有地的。虽然举人死了,但家境依然很好。我这一位大奶奶仍然健在。她的亲孙子早亡,所以把全部的钟爱都倾注到我身上来。她是整个官庄能够吃“白的”的仅有的几个人中之一。她不但自己吃,而且每天都给我留出半个或者四分之一个白面馍馍来。我每天早晨一睁眼,立即跳下炕来向村里跑,我们家住在村外。我跑到大奶奶跟前,清脆甜美地喊上一声:“奶奶!”她立即笑得合不上嘴,把手缩回到肥大的袖子,从口袋里掏出一小块馍馍,递给我,这是我一天最幸福的时刻。

此外,我也偶尔能够吃一点“白的”,这是我自己用劳动换来的。一到夏天麦收季节,我们家根本没有什么麦子可收。对门住的宁家大婶子和大姑——她们家也穷得够呛——就带我到本村或外村富人的地里去“拾麦子”。所谓“拾麦子”就是别家的长工割过麦子,总还会剩下那么一点点麦穗,这些都是不值得一捡的,我们这些穷人就来“拾”。因为剩下的决不会多,我们拾上半天,也不过拾半篮子,然而对我们来说,这已经是如获至宝了。一定是大婶和大姑对我特别照顾,以一个四五岁、五六岁的孩子,拾上一个夏天,也能拾上十斤八斤麦粒。这些都是母亲亲手搓出来的。为了对我加以奖励,麦季过后,母亲便把麦子磨成面,蒸成馍馍,或贴成白面饼子,让我解馋。我于是就大快朵颐了。

偶尔从“奶奶”那里、从田野里捡拾点麦穗,可以让人吃点白面,这就是作者最幸福的时候,是大快朵颐的时候。这在今天孩子的世界里是无法想象的。

记得有一年,我拾麦子的成绩也许是有点“超常”。到了中秋节——农民嘴里叫“八月十五”——母亲不知从哪里弄了点月饼，给我掰了一块，我就蹲在一块石头旁边，大吃起来。在当时，对我来说，月饼可真是神奇的东西，龙肝凤髓也难以比得上的，我难得吃一次。我当时并没有注意，母亲是否也在吃。现在回想起来，她根本一口也没有吃。不但是月饼，连其他“白的”，母亲从来都没有尝过，都留给我吃了。她大概是毕生就与红色的高粱饼子为伍。到了歉年，连这个也吃不上，那就只有吃野菜了。

月饼留给儿子，自己只吃高粱饼子，吃野菜，母爱就是这样的无私。

至于肉类，吃的回忆似乎是一片空白。我姥娘家隔壁是一家卖煮牛肉的作坊。给农民劳苦耕耘了一辈子的老黄牛，到了老年，耕不动了，几个农民便以极其低的价钱买来，用极其野蛮的办法杀死，把肉煮烂，然后卖掉。姥娘家穷，虽然极其疼爱我这个外孙，也只能用土罐子，花几个制钱，装一罐子牛肉汤，聊胜于无。记得有一次，罐子里多了一块牛肚子。这就成了我的专利。我舍不得一气吃掉，就用生了锈的小铁刀，一块一块地割着吃，慢慢地吃。这一块牛肚真可以同月饼媲美了。

“白的”、月饼和牛肚难得，“黄的”怎样呢？“黄的”也同样难得。但是，尽管我只有几岁，却也想出了办法。到了春、夏、秋三个季节，庄外的草和庄稼都长起来了。我就到庄外去割草，或者到人家高粱地里去劈高粱叶。我二大爷家是有地的，经常养着两头大牛。我这草和高粱叶就是给它们准备的。每当我这个不到三块豆腐干高的孩子背着一大捆草或高粱叶走进二大爷的大门，我心里有所恃而不恐，把草放在牛圈里，赖着不走，总能蹭上一顿“黄的”吃，

不会被二大娘"捲"(我们那里的土话,意思是"骂")出来。到了过年的时候,自己心里觉得,在过去的一年里,自己喂牛立了功,又有了勇气到二大爷家里赖着吃黄面糕。黄面糕是用黄米面加上枣蒸成的。颜色虽黄,却位列"白的"之上,因为一年只在过年时吃一次,"物以稀为贵",于是黄面糕就贵了起来。

我在母亲身边只呆到六岁,以后两次奔丧回家,呆的时间也很短。现在我回忆起来,连母亲的面影都是迷离模糊的,没有一个清晰的轮廓。特别有一点,让我难解而又易解:我无论如何也回忆不起母亲的笑容来,她好像是一辈子都没有笑过。家境贫困,儿子远离,她受尽了苦难,笑容从何而来呢?有一次我回家听对面的宁大婶子告诉我说:"你娘经常说:'早知道送出去回不来,我无论如何也不会放他走的!'"简短的一句话里面含着多少辛酸、多少悲伤啊!母亲不知有多少日日夜夜,眼望远方,盼望自己的儿子回来啊!然而这个儿子却始终没有归去,一直到母亲离开这个世界。

对于这个情况,我最初懵懵懂懂,理解得并不深刻。到了上高中的时候,自己大了几岁,逐渐理解了。但是自己寄人篱下,经济不能独立,空有雄心壮志,怎奈无法实现,我暗暗地下定了决心,立下了誓愿:一旦大学毕业,自己找到工作,立即奉养母亲。然而没有等到我大学毕业,母亲就离开我走了,永远永远地走了。古人说:"树欲静而风不止,子欲养而亲不待",这话正应到我身上,我不忍想象母亲临终时思念爱子的情景。一想到,我就会心肝俱裂,眼泪盈眶。当我从北平赶回济南,又从济南赶回清平奔

情之浓,郁之深,悲之切。

丧的时候，看到了母亲的棺材，看到那简陋的屋子，我真想一头撞死在棺材上，随母亲于地下。我后悔，我真后悔，我千不该万不该离开了母亲。世界上无论什么名誉，什么地位，什么幸福，什么尊荣，都比不上呆在母亲身边，即使她一个字也不识，即使整天吃“红的”。

这就是我的“永久的悔”。

一双长满老茧的手

平常的手有什么不平凡的地方呢？开头逗起文思。

有谁没有手呢？每个人都有两只手。手，已经平凡到让人不再常常感觉到它的存在了。

然而，一天黄昏，当我乘公共汽车从城里回家的时候，一双长满了老茧的手却强烈地引起了我的注意。我最初只是坐在那里，看着一张晚报。在有意无意之间，我的眼光偶尔一滑，正巧落在一位老妇人的一双长满老茧的手上。我的心立刻震动了一下，眼光不由得就顺着这双手向上看去：先看到两手之间的一个胀得圆圆的布包；然后看到一件洗得挺干净的褪了色的蓝布褂子；再往上是一张饱经风霜布满了皱纹的脸，长着一双和善慈祥的眼睛；最后是包在头上的白手巾，银丝般的白发从里面披散下来。这一切都给了我极好的印象。但是给我印象最深的还是那一双长满了老茧的手，它像吸铁石一般吸住了我的眼光。

公交车上老妇人长满老茧的双手引起作者的注意。能有这样的发现，首先要有这样的生活和意识，下文转入对农村和母亲生活的回忆不足为奇了。

老妇人正在同一位青年学生谈话，她谈到她是从乡下来看她在北京读书的儿子的，谈到乡下年成的好坏，谈到来到这里人生地疏，感谢青年对她的帮助。听着她的话，我不由得深深地陷入回忆中，几十年的往事蓦地涌上心头。

在故乡的初秋，秋庄稼早已熟透了，一望无际的大平原上长满了谷子、高粱、老玉米、黄豆、绿豆等等，郁郁苍苍，一片绿色，里面点缀着一片片的金黄和星星点点的浅红和深红。虽然暑热还没有退尽，秋的气息已经弥漫大地了。

我当时只有五六岁，高粱比我的身子高一倍还多。我走进高粱地，就像是走进了大森林，只能从密叶的间隙看到上面的蓝天。我天天早晨在朝露未退的时候到这里来擗高粱叶。叶子上的露水像一颗颗的珍珠，闪出淡白的光。把眼睛凑上去仔细看，竟能在里面看到自己的缩得像一粒芝麻那样小的面影，心里感到十分新鲜有趣。老玉米也比我高得多，必须踮起脚才能摘到棒子。谷子同我差不多高，现在都成熟了，风一吹，就涌起一片金浪。只有黄豆和绿豆比我矮，我走在里面，觉得很爽朗，一点也不闷气，颇有趾高气扬之概。

擗，读音pǐ，动词，用力使其脱离原来物体。

因此，我就喜欢帮助大人在豆子地里干活。我当时除了跟大奶奶去玩以外，总是整天缠着母亲，她走到哪里，我跟到哪里。有时候，在做午饭以前，她到地里去摘绿豆荚，好把豆粒剥出来，拿回家去煮午饭。我也跟了来。这时候正接近中午，天高云淡，蝉声四起，蝈蝈儿也爬上高枝，纵声欢唱，空气中飘拂着一股淡淡的草香和泥土的香味。太阳晒到身上，虽然还有点热，但带给人暖烘烘的舒服的感觉，不像盛夏那样令人难以忍受了。

作者笔下一派田园风光。

在这时候，我的兴致是十分高的。我跟在母亲身后，跑来跑去。捉到一只蚱蜢，要拿给她看一看；掐到一朵野花，也要拿给她看一看。棒子上长了乌霉，我觉得奇怪，一定问母亲为什么；有的豆荚生得

短而粗，也要追问原因。总之，这一片豆子地就是我的乐园，我说话像百灵鸟，跑起来像羚羊，腿和嘴一刻也不停。干起活来，更是全神贯注，总想用最高的速度摘下最多的绿豆荚来。但是，一检查成绩，却未免令人气短：母亲的筐子已满了，而自己的呢，连一半还不到哩。在失望之余，就细心加以观察和研究。不久，我就发现，这里面也没有什么奥妙的，关键就在母亲那一双长满了老茧的手上。

这一双手看起来很粗，由于多年劳动，上面长满了老茧，可是摘起豆荚来，却显得十分灵巧迅速。这是我以前没有注意到的事情。在我小小的心灵里不禁有点困惑。我注视着它，久久不愿意把眼光移开。

我当时岁数还小，经历的事情不多。我还没能把许多同我的生活有密切联系的事情都同这一双手联系起来，譬如说做饭、洗衣服、打水、种菜、养猪、喂鸡，如此等等。我当然更能读到"慈母手中线，游子身上衣"这样的诗句。但是，从那以后，这一双长满老茧的手却在我的心里占据了一个重要的地位，留下了一个不可磨灭的印象。

母亲长满老茧的双手。

后来长大了几岁，我离开母亲，到了城里跟叔父去念书，代替母亲照顾我的生活的是王妈，她也是一位老人。

她原来也是乡下人，干了半辈子庄稼活。后来丈夫死了，儿子又逃荒到关外去，二十年来，音讯全无。她孤苦伶仃，一个人在乡里活不下去了，只好到城里来谋生。我伯父就把她请到我们的家里来帮忙，做饭、洗衣服、扫地、擦桌子，家里那一些琐琐碎碎的活全给她一个人包下来了。

王妈除了从早到晚干那一些刻板工作以外，每年还有一些带季节性的工作。每到夏末秋初，正当夜来香开花的时候，她就搓麻线，准备纳鞋底，给我们做鞋。干这活都是在晚上。这时候，大家都吃过晚饭，坐在院子里乘凉，在星光下，黑暗中，随意说着闲话。我仰面躺在席子上，透过海棠树的杂乱枝叶的空隙，看到夜空里眨着眼的星星。大而圆的蜘蛛网的影子隐隐约约地印在灰暗的天幕上。不时有一颗流星在天空中飞过，拖着长长的火焰尾巴，只是那么一闪，就消逝到黑暗里去。一切都是这样静。在寂静中，夜来香正散发着浓烈的香气。

这正是王妈搓麻线的时候。干这个活本来是听不到多少声音的。然而现在那揉搓的声音却听得清清楚楚。这就不能不引起我的注意了。我转过身来，侧着身子躺在那里，借着从窗子里流出来的微弱的灯光，看着她搓。最令我吃惊的是她那一双手，上面长满了老茧。这一双手看上去拙笨得很，十个指头又短又粗，像是一些老干树的枝子。但是，在这时候，它却显得异常灵巧美丽。那些杂乱无章的麻在它的摆布下，服服帖帖，要长就长，要短就短，一点也不敢违抗。这使我感到十分有趣。这一双手左旋右转，只见它搓呀搓呀，一刻也不停，仿佛想把夜来香的香气也都搓进麻线里似的。

这样一双手我是熟悉的，它同母亲的那一双手是多么相像呀。我总想多看上几眼。看着看着，不知道在什么时候，竟沉沉睡去了。到了深夜，王妈就把我抱到屋里去，同她睡在一张床上。半夜醒来，还听到她手里拿着大芭蕉扇给我赶蚊子。在朦朦胧胧

王妈长满老茧的双手。在另一篇文章《夜来香开花的时候》中作者曾深情回忆过王妈。

中,扇子的声音听起来好像是从很远很远的地方传来的。

> 本文作于1961年9月;“去年秋天”应是1960年。

去年秋天,我随着学校里的一些同志到附近乡村里一个人民公社去参加劳动。同样是秋天,但是这秋天同我五六岁时在家乡摘绿豆荚时的秋天大不一样。天仿佛特别蓝,草和泥土也仿佛特别香,人的心情当然也特别舒畅了。——因此,我们干活都特别带劲。人民公社的同志们知道我们这一群白面书生干不了什么重活,只让我们砍老玉米秸。但是,就算是砍老玉米秸吧,我们干起来,仍然是缩手缩脚,一点也不利落。于是一位老大娘就走上前来,热心地教我们:怎样抓玉米秆,怎样下刀砍。在这时候,我注意到,她也长有一双长满老茧的手。我虽然同她素昧平生,但是她这一双手就生动地具体地说明了她的历史。我用不着再探询她的姓名、身世,还有她现在在公社所担负的职务。我一看到这一双手,一想到母亲与王妈的同样的手,我对她的感情就油然而生,而且肃然起敬,再说什么别的话,似乎就是多余的了。

> 劳动妇人长满老茧的双手。

就这样,在公共汽车行驶声中,我的回忆围绕着一双长满了老茧的手连成一条线,从几十年前,一直牵到现在,集中到坐在我眼前的这一位老妇人的手上。这回忆像是一团丝,愈抽愈多。它甜蜜而痛苦,错乱而清晰。在我一生中给我印象最深的三双长满老茧的手,现在似乎重叠起来化成一双手了,在我眼前不停地晃动,体积愈来愈扩大,形象愈来愈清晰。

> 一双长满老茧的双手触发了作者几十年的回忆,平常的手因为有了记忆便不再平凡。当然更重要的是作者的深情。长满老茧的双手让作者回忆,季羡林的散文往往以小见大,用情深刻。

这时候,老妇人同青年学生似乎发生了什么争执。我抬头一看:老妇人正从包袱里掏出来两个煮鸡蛋,硬往青年学生手里塞,青年学生无论如何也不接受。两个人你推我让,正在争执得不可开交的时候,公共汽车到了站,蓦地停住了。青年学生就扶了老妇人走下车去。我透过玻璃窗,看到青年学生用手扶着老妇人的一只胳臂,慢慢地向前走去。我久久注视着他俩逐渐消失的背影。我虽然仍坐在公共汽车上,但我的心却仿佛离我而去。

夜来香开花的时候

季先生1911年生，1917年即离家去济南投奔叔父，进私塾读书。1918、1920年分别在济南山东省立第一师范附小、济南新育小学就读。期间王妈可以说是代替母亲照顾他生活的老人。

开篇直接点出主题，回忆王妈。在夜来香的幽香中，描绘一幅王妈真实而清晰的画面。

王妈是我们家一个年迈的佣工。

夜来香开花的时候，我想到王妈。我不能忘记，在我刚走出童年的几年中，不知道有几个夏夜里，当闷热渐渐透出了凉意，我从飘忽的梦境里转来的时候，往往可以看到窗纸上微微有点白；再一沉心，立刻就有嗡嗡的纺车的声音，混着一阵阵的夜来香的幽香，流了进来。倘若走出去看的话，就可以看到，一盏油灯放在夜来香丛的下面，昏黄的灯光照彻了小院，把花的高大支离的影子投在墙上，王妈坐在灯旁纺着麻，她的黑而大的影子也被投在墙上，合了花的影子在晃动着。

她是老了。我不知道她什么时候到我们家里来的。当我从故乡来到这个大都市的时候，我就看到她已经在我们家里来来往往地做着杂事。那时，已经似乎很老了。对我，从那时到现在，是一个从莫名其妙的朦胧里渐渐走到光明的一段。最初，我看到一切事情都像隔了一层薄纱。虽然到现在这层薄纱也没能撤去，但渐渐地却看到了一点光亮，于是有许多事情就不能再使我糊涂。就在这从朦胧到光亮的一段里，我们搬过两次家。第一次搬到一条歪曲铺满了石头的街上。王妈也跟了来。房子有点旧，墙上满是雨水的渍痕。只有一个窗子的屋里白天也是暗沉沉的。我童年的大部分的时间就在这黑暗屋里消磨过去。院子里每一块土地都印着我的足迹。现在我还能清晰地记起来屋顶上在秋风里颤抖的小草,墙角檐下挂着的蛛网。但倘若笼统想起来的话,就只剩一团苍黑的印象了。

倘若我的记忆可靠的话,在我们搬到这苍黑的房子里第二年的夏天,小小的院子里就有了夜来香。当时颇有一些在一起玩的小孩,往往在闷热的黄昏时候聚在一块,仰卧在席上数着天空里飞来飞去的蝙蝠。但是最引我们注意的却是夜来香的黄花——最初只是一个长长的花苞,我们目不转睛地注视着它。还不开,还不开,蓦地一眨眼,再看时,长长的花苞已经开放成伞似的黄花了。在当时的心里,觉得这样开的花是一个奇迹。这花又毫不吝惜地放着香气。王妈也很高兴。每天她总把所有开过的花都数一遍。当她数着的时候,随时有新的花在一闪一闪地开放着。她眼花缭乱,数也数不清。我们看了她慌张而又用心的神情,不禁一哄笑起来。就这样每一个黄昏都在奇迹和幽香里度过去。每一个夜跟着每一个黄昏走了来。在清凉的中夜里,当我从飘忽的梦境里转来的时候,就可以看到王妈的投在墙上的黑而大的影子在合着夜来香的影子晃动了。

在夜来香的幽香中,王妈深夜纺织的影子实在让作者印象深刻,以致作者一而再地描写这幅画面。

就在这样一个环境里,我第一次觉得我的眼前渐渐地亮起来。以前我看王妈只像一个影子。现在我才发现她也同我一样的是一个活动的人。但是我仍然不明了她的身世。在小小的心灵里,我并想不到她这样大的年纪出来佣工有什么苦衷;我只觉得她同我们住在一起,就是我们家里的一个人,她也应该同我们一样地快活。童稚的心岂能知道世界上还

有不快活的事情吗?

在初秋的暴雨里,我看到她提着篮子出去买菜;在严冬大雪的早晨,我看到她点着灯起来生炉子。冷风把她手吹得红萝卜似的开了裂,露出鲜红的肉来。我永远忘不掉这两只有着鲜红裂口的手!她有自己的感情,自己的脾气,这些都充分表示出一个北方农民的固执与倔强。但我在黄昏的灯下却常听到她不时吐出的叹息了。我从小就是孤独的。在我小小的心里,一向感觉到缺少点什么。我虽然从没叹息过,但叹息却堆在我的心里。现在听了她的叹息,我的心仿佛得到被解脱的痛快。我愿意听这样的低咽的叹息从这垂老的人的嘴里流出来。在她,不知因为什么,闲下来的时候,也总爱找着我说话。她告诉我,她的丈夫是她村里唯一的秀才,但没能捞上一个举人就死去了。她自己被家里的妯娌们排挤,不得已才出来佣工。有一个儿子,因为乡里没有饭吃,到关外做买卖去了。留下一个媳妇在这大城里,似乎也不大正经。她又告诉我,她年轻的时候,怎样刚强,怎样有本领,和许多别的美德;但谁又知道,在垂老的暮年又被迫着走出来谋生,只落得几声叹息呢?

声声叹息,渗透着垂老的王妈苦难而沉重的生活。

以后,这叹息就时时可以听到。她特别注意到我衣服寒暖。在冬天里,她替我暖,在夏夜里,她替我用大芭蕉扇赶蚊子。她仍然照常地提着篮子出去买菜,冬天早晨用开了鲜红裂口的手生炉子。当夜来香开花的时候,又可以看到她郑重其事地数着花朵。但在不寐的中夜里,晚秋的黄昏里,却连续听到她的叹息,这叹息在沉寂里回荡着,更显得凄冷了。她仿佛时常有话要说。被追问的时候,却什么也不说，脸上只浮起一片惨笑。有时候有意与无意之间，又说到她年轻时候的倔强，她的秀才丈夫。往往归结说到她在关外做买卖的儿子。我们都可以看出来，这老人怎样把暮年的希望和幻想放在她儿子身上。我也曾替她写过几封信给她的儿子，但终于也没能得到答复。这老人心里的悲哀恐怕只有她一个人知道了。

不记得是哪一年，在夏天，又是夜来香开花的时候，她儿子来了信。信里说的，却并不像她想的那样满意，只告诉她，他在关外勤苦几年挣的钱都给别人骗走了；他因为生气，现在正病着，结尾说："倘若母亲还要儿子的话，就请汇钱给我回家。"这样一封信给她怎样的影响，我们大概都可以想象得出。连着叹了几口气以后，她并没说什么话，但脸色却更阴沉了。这以后，没有叹气，我们只看到眼泪。

叹息变成眼泪，王妈的苦难更深一层。

我前面不是说，我渐渐从朦胧里走向光明里去吗？现在我眼前似乎更亮了。我看透了一些事情：我知道在每个人嘴角常挂着的微笑后面有着怎样的冷酷；我看出大部分的人们都给同样黑暗的命运支配着。王妈就在这冷酷和黑暗的命运下呻吟着活下来。我看透了这老人的眼泪里有着无量的凄凉。我也了解了她的寂寞。

作者悲天悯人，同情王妈的遭际，感叹黑暗命运的不公。

在这时候，我们又搬了一次家，只不过从这条铺满了石头的街的中间移到南头。王妈仍然跟了来。房子比以前好一点，再看不到四壁的雨痕和蜘蛛。每座屋子也都有了两个以上的窗子，而且窗子上还有玻璃。尤其使我满意的是西屋前面两棵高过房檐的海棠。时候大概是春天，因为才搬进来的时候，树

上还开满着一团团的花。就在这一年的夏天，大概因为院子大了一点吧，满院里，除了一个大水缸养着子午莲和几十棵凤仙花和其他杂花以外，便只看到一丛丛的夜来香。我现在已经不是孩子，有许多地方要摆出安详的样子来；但在夏天的黄昏时候，却仍然做着孩子时候做的事情。我坐在院子里数着天上飞来飞去的蝙蝠。看着夜色慢慢织入夜来香丛里，一片朦胧的薄暗。一眨眼，眼前已经是一片黄黄的伞似的花了。跟着又有幽香流过来。夜里同蚊子打过了仗，好容易睡过去。各样的梦做过了以后，从飘忽的梦境里转来的时候，往往可以看到窗上有点白，听到嗡嗡的纺车的声音。走出去，就可以看到王妈的黑大的投在墙上的影子在合着夜来香的影子晃动了。

影子又一次出现。

王妈更老了。但我仍然只看到她的眼泪。在她高兴的时候，她又谈到她的秀才丈夫，她的不大正经的儿媳妇，和她病倒在关外的儿子。她仍然提着篮子出去买菜，冬天老早起来生炉子，从她走路的样子上看来，她真有点老了；虽然她自己在别人说她老的时候还在竭力否认着。她有颗简单纯朴的心。因了年纪更大的关系，这颗心似乎就更纯朴简单。往往因为少得了一点所应得的东西，我们就可以看到她的干瘪了的嘴并拢在一起，腮鼓着。似乎要有什么话从里面流了出来。然而在这样的情形下往往是没有什么流出的。倘若有人意外地给了她点什么，我们也可以意外地看到这老人从心里流出来的快意的笑了。她不会做荒唐的梦，极小的得失可以支配她的感情。她有一颗简单的心。

日子一天一天地过去，这寂寞的老人就在这寂寞里活下去。上天给了她一个爽直的性情，使她不会向别人买好，不会在应当转圈的时候转圈。因为这，在许多极琐碎的事情上，她给了别人一点小小的不痛快，她自己却得到一个更大的不痛快。这时候，我们就见她在把干瘪了的嘴并拢以后，又在暗暗地流着眼泪了。我们都知道，这眼泪并不像以前想到她儿子时的那眼泪那样有意义。这样的眼泪流多了，顶多不过表示她在应当流的泪以外，还有多余的泪，给自己一点轻松。泪流过了不久，就可以看到她高兴地在屋里来来往往地做着杂事了。她有一颗同孩子一样的简单的心。

苦难年迈的老人却有一颗孩子一样简单的心来和这世界命运对抗，让我们在同情老人遭遇的同时，又感慨生命的坚韧。

在没搬家过来以前，我已经到一个在城外的四面满是湖田和荷池的学校里去读书，就住在那里，只在星期日回家一次。在学校死沉的空气里住过六天以后，到家里觉得仿佛到了另一个世界。进门先看到王妈的欢乐的微笑。等到踏着暮色走回去的时候，心里竟觉得意外地轻松。这样的情形似乎也延长不算很短的一个期间。虽然我自己的心情随时都有着变化，生活却显得惊人的单调。回看花开花落，听老先生沙着声念古文，拼命地在饭堂里抢馒首，感情冲动的时候，也热烈地同别人打架，时间也就慢慢地过去。

又忘记了是多少时候以后，是星期日，当时我从学校里走回家去的时候，我看到一个黄瘦个儿很高的中年男子在替我们搬移着桌子之类的东西。旁人告诉我，这就是王妈的儿子。几个月以前她把储蓄了几年的钱都汇给他，现在他居然从关外回到家来

了。但带回来的除了一床破棉被以外，就剩了一个有着几乎各类的一个他那样用自己的力量来换面包的中年人所能有的病的身子，和一双连霹雳都听不到的耳朵。但终于是个活人，是她的儿子，而且又终于回到家里来了。

王妈高兴。在垂暮的老年，自己的独子，从迢迢的塞外回到她跟前来，这样奇迹似的遭遇怎能不使她高兴呢？说到儿子的身体和病，她也会叹几口气，但儿子终于是儿子，这叹息掩不过她的高兴的，不久，她那不大正经的媳妇也不知从哪里名正言顺地找了来，于是一个小家庭就组成了。儿子显然不能再干什么重劳力的活了，但是想吃饭除了劳力之外又似乎没有第二条路可走。在我第二星期回到家里来的时候，就看到她那说话也需要打手势的儿子在咳嗽着一出一进地挑着满桶的水卖钱了。

这以后，对王妈，对我们家里的人，有一个惊人的大转变。从她那里，我们再听不到叹息，看不到眼泪，看到的只有微笑。有时儿子买了一个甜瓜或柿子，甚至几个小小的梨，拿来送给母亲吃。儿子笑，不说话；母亲也笑，更不说话。我们都可以看出来这笑怎样润湿了这老人的心。每逢过节，或特别日子的时候，儿子把母亲接回家去。当吃完儿子特别预备的东西走回来的时候，这老人脸上闪着红光。提着篮子买菜也更带劲，冬天早晨也更起得早。生命对她似乎是一杯香醪。她高兴地活下去，没有了寂寞，也没有了凄凉，即便再说到她丈夫的时候，也只有含着笑骂一声：“早死的死鬼！”接着就兴高采烈地夸起自己年轻时的美德来了。我们都很高兴。我们

从叹息到流泪，再到微笑，王妈似乎终于迎来命运的转折，生命里阳光明媚起来。

眼看着这老人用手捉住自己的希望和幻想。辛勤了几十年,现在这希望才在她心里开成了花。

日子又平静地过下去。微笑似乎没离开过她。这老人正做着一个天真的梦。就这样差不多过了一年的时间。中间我还在家里住了一个暑假,每天黄昏时候,躺在院子里的竹床上,数着天上的蝙蝠。夜来香每天照例一闪便开了。我们欣赏着花的香,王妈更起劲地像煞有介事似的数着每天开过的花。但在暑假过了以后,当我再每星期日从学校里走回家来的时候,我看到空气似乎有点不同。从王妈那里我又常听到叹息了。她又找着我说话,她告诉我,儿子常生病,又聋。虽然每天拼命挑水,在有点近于接受别人恩惠的情形下接了别人的钱,却连肚皮也填不饱。这使他只有更拼命;然而结果,在已经有了的病以外,又添了其他可能的新病。儿媳妇也学上了许多新的譬如喝酒抽烟之类的毛病。她丈夫自然不能满足她;凭了自己的机警,公然在她丈夫面前同别人调情,而且又进一步姘居起来了。这老人早起晚睡侍候别人颜色挣来的钱,以前是被严谨地锁在一个箱子里的,现在也慢慢地流出来,换成面包,填充她儿子的肚皮了。她为儿子的病焦灼,又生媳妇的气;却没办法。这有一颗简单的心的老人只好叹息了。

好景不长,叹息重又回到老人的生活中。命运如此的残酷!

儿子病的次数加多起来,而且也厉害起来。在很短的期间,这叹息就又转成眼泪了。以前是因为有幻想和希望而不能捉到才流泪;现在眼看着幻想和希望要在自己手里破碎,这泪当然更沉痛了。我虽然不常在家里,但常听人们说到,每次她从儿子那

里回来的时候，总带回来惊人多的叹息和眼泪。问起来，她就说到儿子怎样病，几天不能挑水，柴米没有，媳妇也不知道跑到什么地方去了。于是在静寂的中夜里，就又常听到她低咽的暗泣。她现在再也没有心绪谈到她的秀才丈夫，夸耀自己年轻时的美德，处处都表示出衰老的样子。流泪成了日常的工作；泪也终于流不完。并没延长了多久，她有了病，眼也给一层白膜障上了。她说，她不想死。真的，随处都表示出，她并不想死。她请医生，供神水，喝符，用大葱叶包起七个活着的蜘蛛生生吞下去，以及一切的偏方正方。为了自己的身子，她几乎忘掉了一切。大约有几个月以后吧，身子好了，却只剩下了一只眼。

困难延伸到了身体上。

她更显得衰老了。腰佝偻着，剩下的一只眼似乎也没有什么大用。走路的时候，只是用手摸索着走上去。每次我看她拿重一点的东西而曲着背用力的时候，看到她从儿子那里回来含着泪慢慢地踱进自己的幽暗的小屋里去的时候，我真想哭。虽然失掉一只眼睛，但并没有失掉了固有的性情，她仍然倔强，仍然不会买好，不会在应当转圈的时候转圈；也就仍然常常碰到点小不痛快，流两次无所谓的眼泪。她同以前一样，有着一颗简单又纯朴的心。

可老人却依旧怀着简单纯朴的心生活，让人敬佩。

四年前，为了一个近于荒诞的理想，我从故乡来到这辽远的故都里。我看到的自然是另一个新的世界，但这世界却不能吸引着我；我时常想到王妈，想到她数夜来香的神情，想到她红萝卜似的开了鲜红裂口的手。第一年寒假回家的时候，迎着我的是她的欢迎的微笑。只有我了解她这笑是怎样勉强做出来的。前年的冬天，我又回家去。照例一阵微微的晕眩以后，我发现家里少了一个人，以前笑着欢迎我的王妈到哪里去了呢？问起来，才知道这老人已经回老家去了。在短短的半年里，她又遭遇到许多不如意的事情。因为看到放在儿子身上的希望和幻想渐渐渺茫起来，又因为自己委实得有点老了，于是就用勉强存起来的一点钱在老家托人买了一口棺材。这老人已经看透了自己一生决定了不过是这么回事；趁着没死的时候，预备点东西，过一个痛快的死后的生活吧。但这口棺材却毫无理由地被她一个先死去的亲戚占去了。从年轻时候守节受苦，到垂老的暮年出来佣工，辛苦了一生，老把自己的希望和幻想拴在儿子身上，结果是幻灭；好容易自己又制了一个死后的美丽的梦，现在又给打碎了。她不懂怎样去诉苦，也没人可诉。这颗经了七十年痛创的简单又纯朴的心能容得下这些迫损吗？她终于病倒了。

正要带着儿子和媳妇回老家去养病的时候，儿子竟然经不起病的摧折死去了。我不忍去想象，悲哀怎样啮着这老人的心。她终于回了家。我们家里派了一个人去送她。临走的时候，她还带着恳乞的神气说：“只要病好了，我还回来。”生命的火还在她心里燃烧着，她不想死的。在严冬的大风雪里，在灰暗的长天下，坐在一辆独轮小车上，一个垂老的人，带了自己独子的棺材，带了一个艰苦地追求了一辈子而终于得到的大空虚，带了一颗碎了的心，回到自己的故乡里去，把一切希望和幻想都抛到后面，人们大概总能想象到这老人的心情吧！我知道会有种种的幻影在她眼前浮掠，她会想到过去自己离开家时

这一段读来，让人流泪，让人痛哭！作者朴实逼真地描写，把一个老人垂垂老矣的背影刻画出来了，读来除了难受还是难受！

的情景，然而现在眼前明显摆着的却是一个不可避免的黑洞，一切就都归到这洞里去。车走上一个小木桥的时候，忽然翻下河去，这老人也被倾到水里。被人捞上来的时候，浑身都结了冰。她自己哭了，别人也都哭起来。人生到这样一个地步，还有什么话可以说呢？这纯朴的老人也不能不咒骂自己的命运了。

我不忍去想象，她怎样在那穷僻的小村里活着的情形。听人说，剩下的一只眼睛也哭得失了明。自己的房子已经卖给别人，只好借住在亲戚家里。一闭眼，我就仿佛能看到她怎样躺到床上呻吟，但没有人去理会她；她怎样起来沿着墙摸索着走，她怎样呼喊着老天。她的红萝卜似的开了裂口流着红血的手在我眼前颤动……以前存的钱一个也没能剩下，她一定会回忆到自己困顿的一生，受尽人们的唾弃，老年也还免不了早起晚睡侍候别人的颜色；到死却连自己一点无论怎样不能成为希望和幻想的希望和幻想都一个不剩地破碎了去。过去的黑影沉重地压在她心头。人到欲哭无泪的地步，还有什么话可说呢？我听不到她的消息，我只有单纯地有点近于痴妄地希望着，她能好起来，再回到我们家里去。

但这岂是可能的呢？第二年暑假我回家的时候，就听人说，王妈死了。我哭都没哭，我的眼泪都堆在心里，永远地。现在我的眼前更亮，我认识了怎样叫人生，怎样叫命运。——小小的院子里仍然挤满了夜来香。黄昏里我仍然坐在院子里的竹床上，悲哀沉重地压住了我的心。我没有心绪再数蝙蝠了。在沉寂里，夜来香自己一闪一闪地开放着，却没

苦难的老人终于离开了这个苦难的世界，我们是该难过呢还是该欣慰呢？夜来香感到了寂寞，悲伤幽幽而来。我们不仅想，在过去的那个世纪中，有多少像王妈这样的老

有人再去数它们。半夜里，当我再从飘忽的梦境里转来的时候，看不到窗上的微微的白光，也再听不到嗡嗡的纺车的声音，自然更看不到照在四面墙上的黑而大的影子在合着历乱的枝影晃动。一切都死样的沉寂。我的心寂寞得像古潭。第二天早晨起来的时候，整夜散放着幽香的夜来香的伞似的黄花枝枝都枯萎了。没了王妈，夜来香哪能不感到寂寞呢？

人，受尽苦难，寂寂无闻地活着和死去，王妈只是其中一个而已。但王妈又是幸运的。

月是故乡明

望月怀远是中国古典文学的经典画面。月亮有了特别的意味，看到月，就意味着想念家人，想念家乡。月于国人有着特别的情结。

每个人都有个故乡，人人的故乡都有个月亮。人人都爱自己的故乡的月亮。事情大概就是这个样子。

但是，如果只有孤零零一个月亮，未免显得有点孤单。因此，在中国古代诗文中，月亮总有什么东西当陪衬，最多的是山和水，什么“山高月小”、“三潭印月”等等，不可胜数。

我的故乡是在山东西北部大平原上。我小的时候，从来没有见过山，也不知山为何物。我曾幻想，山大概是一个圆而粗的柱子吧，顶天立地，好不威风。以后到了济南，才见到山，恍然大悟：山原来是这个样子呀！因此，我在故乡望月，从来不同山联系。像苏东坡说的“月出于东山之上，徘徊于斗牛之间”，完全是我无法想象的。

一以山写月，一以水写月。可故乡无山，水是大苇坑，也许更显出月亮在作者心中独有而深刻的地位吧。

至于水，我的故乡小村却大大地有。几个大苇坑占了小村面积一多半。在我这个小孩子眼中，虽不能像洞庭湖“八月湖水平”那样有气派，但也颇有一点烟波浩渺之势。到了夏天，黄昏以后，我在坑边的场院里躺在地上，数天上的星星。有时候在古柳下面点起篝火，然后上树一摇，成群的知了飞落下来，比白天用嚼烂的麦粒去粘要容易得多。我天天晚上乐此不疲，天天盼望黄昏早早来临。

到了更晚的时候，我走到坑边，抬头看到晴空一轮明月，清光四溢，与水里的那个月亮相映成趣。我当时虽然还不懂什么叫诗兴，但也颇而乐之，心中油然有什么东西在萌动。有时候在坑边玩很久，才回家睡觉。在梦中见到两个月亮叠在一起，清光更加晶莹澄澈。第二天一早起来，到坑边苇子丛里去捡鸭子下的蛋，白白地一闪光，手伸向水中，一摸就是一个蛋。此时更是乐不可支了。

月亮触发作者懵懂的情怀，以后背井离乡了，这情怀才更清晰地显现出来。

我只在故乡呆了六年，以后就离乡背井，漂泊天涯。在济南住了十多年，在北京度过四年，又回到济南呆了一年，然后在欧洲住了近十一年，重又回到北京，到现在已经四十多年了。在这期间，我曾到过世界上将近三十个国家，我看过许许多多的月亮。在风光旖旎的瑞士莱茫湖上，在平沙无垠的非洲大沙漠中，在碧波万顷的大海中，在巍峨雄奇的高山上，我都看到过月亮，这些月亮应该说都是美妙绝伦的，我都异常喜欢。但是，看到它们，我立刻就想到我故乡那苇坑上面和水中的那个小月亮。对比之下，无论如何我也感到，这些广阔世界的大月亮，万万比不上我那心爱的小月亮。不管我离开我的故乡多少万里，我的心立刻就飞来了。我的小月亮，我永远忘不掉你！

读 yǐ nǐ，柔和美丽。异国他乡的月和故乡月的比照。

我现在已经年近耄耋，住的朗润园是燕园胜地。夸大一点说，此地有茂林修竹，绿水环流，还有几座土山，点缀其间。风光无疑是绝妙的。前几年，我从庐山休养回来，一个同在庐山休养的老朋友来看我。他看到这样的风光，慨然说："你住在这样的好地方，还到庐山干嘛呢！"可见朗润园给人印象之深。此地

读 mào dié，泛指老年。耄，八九十岁的年纪；耋，七八十岁的年纪。

朗润园的月和故乡的月比照。

望，夏历每月十五日。

既然有山，有水，有树，有竹，有花，有鸟，每逢望夜，一轮当空，月光闪耀于碧波之上，上下空蒙，一碧数顷，而且荷香远溢，宿鸟幽鸣，真不能不说是赏月胜地。荷塘月色的奇景，就在我的窗外。不管是谁来到这里，难道还能不顾而乐之吗？然而，每值这样的良辰美景，我想到的却仍然是故乡苇坑里的那个平凡的小月亮。见月思乡，已经成为我经常的经历。思乡之病，说不上是苦是乐，其中有追忆，有惆怅，有留恋，有惋惜。流光如逝，时不再来。在微苦中实有甜美在。

月是故乡明，我什么时候能够再看到我故乡的月亮呀！我怅望南天，心飞向故里。

比来比去，还是故乡的月亮明。何也？承载着作者的乡思。“海上生明月”“但愿人长久，千里共婵娟”，这些优美的古典诗文之所以传承久远，很重要的原因就是，诗文作者和本文作者一样，把情感移注到了月亮之上，使得月亮不单单是月亮了。

怀念西府海棠

暮春三月，风和日丽。我偶尔走过办公楼前面。在盘龙石阶的两旁，一边站着一棵翠柏，浑身碧绿，扑人眉宇，仿佛是从地心深处涌出来的两股青色力量，喷薄腾越，顶端直刺蔚蓝色的晴空，其气势虽然比不上杜甫当年在孔明祠堂前看到的那一些古柏："苍皮溜雨四十围，黛色参天二千尺"，然而看到它，自己也似乎受到了感染，内心里溢满了力量。我顾而乐之，流连不忍离去。

写翠柏。作者顾而乐之，流连不去，实际为下文写海棠张本。

然而，我的眼前蓦地一闪，就在这两棵翠柏站立的地方出现了两棵西府海棠，正开着满树繁花，已经绽开的花朵呈粉红色，没有绽开的骨朵呈鲜红色，粉红与鲜红，纷纭交错，宛如半天的粉红色彩云。成群的蜜蜂飞舞在花朵丛中，嗡嗡的叫声有如春天的催眠曲。我立刻被这色彩和声音吸引住，沉醉于其中了。眼前再一闪，翠柏与海棠同时站立在同一个地方，两者的影子重叠起来，翠绿与鲜红纷纭交错起来了。

这两棵翠柏生长的地方过去生长的是西府海棠，故而自然想到。

海棠的色彩和声音使人如临其境，然而不过是一场幻影，联系下文海棠的遭遇，让人唏嘘。

这是怎么一回事呢？

我一时有点茫然、懵懂；然而不需要半秒钟，我立刻就意识到，眼前的翠柏和海棠都是现实，翠柏是现在的现实，海棠则是过去的现实，它确曾在这个地方站立过，而今这两个现实又重叠起来，可是过去的

勾起对海棠的回忆。

现实早已化为灰烬,随风飘零了。

事情就发生在十年浩劫期间。一时忽然传说:养花是修正主义,最低的罪名也是玩物丧志。于是“四人帮”一伙就在海内名园燕园大肆“斗私、批修”,先批人,后批花木,几十年上百年的老丁香花树砍伐殆尽,屡见于清代笔记中的几架古藤萝也被斩草除根,几座楼房外面墙上爬满了的“爬山虎”统统拔掉,办公楼前的两棵枝干繁茂绿叶葳蕤的西府海棠也在劫难逃。总之,一切美好的花木,也像某一些人一样,被打翻在地,身上踏上一千只脚,永世不得翻身了。

永世不得翻身,对草木尚且如此,可见时代的荒谬。美好的东西和一些品格很好的人都被扣上各种罪名,遭到各种迫害。

这两棵西府海棠在老北京是颇有一点名气的。据说某一个文人的笔记中还专门讲到过它。熟悉北京掌故的人,比如邓拓同志等,生前每到春天就要到园中来探望一番。我自己不敢说对北京掌故多么熟悉,但是每当西府海棠开花时,也常常自命风雅,到树下流连徘徊,欣赏花色之美,听一听蜜蜂的鸣叫,顿时觉得人间毕竟是非常可爱的,生活毕竟是非常美好的,胸中的干劲陡然腾涌起来,我的身体好像成了一个蓄电瓶,看到了西府海棠,便仿佛蓄满了电,能够在自己所从事的工作中精神抖擞地驰骋一气了。

赏花自是文人雅兴,草木给人力量。

中国古代的诗人中喜爱海棠者颇不乏人。大家欣赏海棠之美,但颇以海棠无香为憾。在古代文人的笔记和诗话中,有很多地方谈到这个问题,可见文人墨客对海棠的关心。宋代著名的爱国大诗人陆游有几首《花时遍游诸家园》的诗,其中之一是讲海棠的:

为爱名花抵死狂，
只愁风日损红芳。
绿章夜奏通明殿，
乞借春阴护海棠。

陆游喜爱海棠达到了何等疯狂的地步啊！稍有理智的人都应当知道，海棠与人无争，与世无忤，绝不会伤害任何人的；它只能给人间增添美丽，给人们带来喜悦，能让人们热爱自然，热爱祖国。然而，就连这样天真无邪的海棠也难逃“四人帮”的毒手。燕园内的两棵西府海棠现在已经不知道消逝到什么地方去了，这也算是一种“含冤逝世”吧。代替它站在这里的是两棵翠柏。翠柏也是我所喜爱的，它也能给人们带来美感享受，我毫无贬低翠柏的意思。但是以燕园之大，竟不能给海棠留一点立足之地，一定要铲除海棠，栽上翠柏，一定要争着方尺之地，翠柏而有知，自己挤占了海棠的地方，也会感到对不起海棠吧！

不仅雅兴不存，连海棠也要铲除，此种做法让人百思不得其解。

“四人帮”要篡党夺权，有一些事情容易理解；但是砍伐花木，铲除海棠，仿佛这些花木真能抓住他们那罪恶的黑手，令人百思不得其解。宋代苏洵在《辨奸论》中说：“凡事之不近人情者鲜不为大奸慝。”砍伐西府海棠之不近人情，一望而知。爱好美好的东西是人类的天性，任何人都有权利爱好美好的东西，花木当然也包括在里面。然而“四人帮”却偏要违反人性，必欲把一切美好的东西铲除尽而后快。他们这一伙人是大奸慝，已经丝毫无可怀疑了。

对过往的深刻批判。

事情已经过去了将近二十年，为什么西府海棠的影子今天又忽然展现在我的眼前呢？难道说是名

花有灵，今天向我“显圣”来了吗？难道说它是向我告状来了吗？可惜我一非包文正，二非海青天，更没有如来佛起死回生的神通，我所有的能耐至多也只能一洒同情之泪，我还有什么话可说呢？

作者甚至相信天国的存在，意图为海棠招魂，无非是希望我们的社会能够成为一个正常的社会。

我从来不相信什么神话。但是现在我真想相信起来，我真希望有一个天国。可是我知道，须弥山已经为印度人所独占，他们把自己的天国乐园安放在那里。昆仑山又为中国人所垄断，王母娘娘就被安顿在那里。我现在只能希望在辽阔无垠的宇宙中间还能有那么一块干净的地方，能容得下一个阆苑乐土。那里有四时不谢之花，八节长春之草，大地上一切花草的魂魄都永恒地住在那里，随时、随地都是花团锦簇，五彩缤纷。我们燕园中被无端砍伐了的西府海棠的魂灵也遨游其间。我相信，它绝不会忘记了自己呆了多年的美丽的燕园，每当三春繁花盛开之际，它一定会来到人间，驾临燕园，风前月下，凭吊一番。“环佩空归月下魂”，明妃之魂归来，还有环佩之声。西府海棠之魂归来时，能有什么迹象呢？我说不出，我只能时时来到办公楼前，在翠柏影中，等候倩魂。我是多么想为海棠招魂啊！结果恐怕只能是“上穷碧落下黄泉，两地茫茫都不见”了。奈何，奈何！

为一棵海棠流泪，不是矫情，恰恰是作者用情最深之处。海棠的遭遇反映了时代的乖谬，我们的社会曾经毫不留情地批判草木，批判人。为海棠流泪，焉知不是作者对时代的感伤和无言的愤慨？

在这风和日丽的三月，我站在这里，浮想联翩，怅望晴空，眼睛里流满了泪水。

［作者后记］ 1987 年 4 月 26 日写于上海华东师范大学专家招待所。行装甫卸，倦意犹存。在京构思多日的这篇短文，忽然躁动于心中，于是悚然而起，援笔立就，如有天助，心中甚喜。

梦萦水木清华

离开清华园已经五十多年了，但是我经常想到她。我无论如何也忘不掉清华的四年学习生活。如果没有清华母亲的哺育，我大概会是一事无成的。

开篇把清华比作母亲，突出对清华情感之深。

在20世纪30年代初期，清华和北大的门槛是异常高的。往往有几千学生报名投考，而被录取的还不到十分甚至二十分之一。因此，清华学生的素质是相当高的，而考上清华，多少都有点自豪感。

我当时是极少数的幸运儿之一，北大和清华我都考取了。经过了一番艰苦的思考，我决定入清华。原因也并不复杂，据说清华出国留学方便些。我以后没有后悔。清华和北大各有其优点，清华强调计划培养，严格训练；北大强调兼容并包，自由发展，各极其妙，不可偏执。

北大清华同时录取，作者少年才子。也因此有了比较两校的可能。

在校风方面，两校也各有其特点。清华校风我想以八个字来概括：清新、活泼、民主、向上。我只举几个小例子。新生入学，第一关就是“拖尸”，这是英文字 toss 的音译。意思是，新生在报到前必须先到体育馆，旧生好事者列队在那里对新生进行“拖尸”。办法是，几个彪形大汉把新生的两手、两脚抓住，举了起来，在空中摇晃几次，然后抛到垫子上，这就算是完成了手续，颇有点像《水浒传》上提到的杀威棍。墙上贴着大字标语：“反抗者入水！”游泳池的门确实

在敞开着。我因为有同乡大学篮球队长许振德保驾,没有被“拖尸”。至今回想起来,颇以为憾:这个终生难遇的机会轻轻放过,以后想补课也不行了。

这个从美国输入的“舶来品”,是不是表示旧生“虐待”新生呢?我不认为是这样。我觉得,这里面并无一点敌意,只不过是对新伙伴开一点玩笑,其实是充满了友情的。这种表示友情的美国方式,也许有人看不惯,觉得洋里洋气的。我的看法正相反。我上面说到清华校风清新和活泼,就是指的这种“拖尸”,还有其他一些行动。

这个“拖尸”的画面是我们现在常常在一些反映国外大学生活的影片中才见得到,没想到上世纪的清华就上演这样的情形。

我为什么说清华校风民主呢?我也举一个小例子。当时教授与学生之间有一条鸿沟,不可逾越。教授每月薪金高达三四百元大洋,可以购买面粉二百多袋,鸡蛋三四万个。他们的社会地位极高,往往目空一切,自视高人一等。学生接近他们比较困难。但这并不妨碍学生开教授的玩笑,开玩笑几乎都在《清华周刊》上。这是一份由学生主编的刊物,文章生动活泼,而且图文并茂。现在著名的戏剧家孙浩然同志,就常用“古巴”的笔名在《周刊》上发表漫画。有一天,俞平伯先生忽然大发豪兴,把脑袋剃了个净光,大摇大摆,走上讲台,全堂为之愕然。几天以后,《周刊》上就登出了文章,讽刺俞先生要出家当和尚。

第二件事情是针对吴雨僧(宓)先生的。他正教我们“中西诗之比较”这一门课。在课堂上,他把自己的新作十二首《空轩》诗印发给学生。这十二首诗当然意有所指,究竟指的是什么?我们说不清楚。反正当时他正在多方面地谈恋爱,这些诗可能与此有关。他热爱毛彦文是众所周知的。他的诗句“吴宓苦受(毛彦文),三洲人士共惊闻”,是夫子自道。《空轩》诗发下来不久,校刊上就刊出了一首七律今译,我只记得前一半:

一见亚北貌似花,
顺着秫秸往上爬。
单独进攻忽失利,
跟踪盯梢也挨刷。

最后一句是:“椎心泣血叫妈妈。”诗中的人物呼之欲出,熟悉清华今典的人都知道是谁。

学生同俞先生和吴先生开这样的玩笑,学生觉得好玩,威严方正的教授也不以为忤。这种气氛我觉得很和谐有趣。你能说这不民主吗?这样的琐事我还能回忆起一些来,现在不再啰唆了。

一画一诗说民主。

清华学生一般都非常用功,但同时又勤于锻炼身体。每天下午四点以后,图书馆中几乎空无一人,而体育馆内则是人山人海,著名的“斗牛”正在热烈进行。操场上也挤满了跑步、踢球、打球的人。到了晚饭以后,图书馆里又是灯火通明,人人伏案苦读了。

说向上。

根据上面谈到的各方面的情况,我把清华校风归纳为八个字:清新、活泼、民主、向上。

我在这样的环境中生活、学习了整整四个年头,其影响当然是非同小可的。至于清华园的景色,更是有口皆碑,而且四时不同:春则繁花烂漫,夏则藤影荷声,秋则枫叶似火,冬则白雪苍松。其他如西山

紫气,荷塘月色,也令人忆念难忘。

现在母校快八十周年了。我可以说是与校同寿。我为母校祝寿,也为自己祝寿。我对清华母亲依恋之情,弥老弥浓。我祝她长命千岁,千岁以上。我祝自己长命百岁,百岁以上。我希望在清华母亲百岁华诞之日,我自己能参加庆祝。

本文作于1988年7月。作者生于1911年;清华大学诞生于1911年。

再以母亲写清华,呼应开头。作者回忆往昔清华生活的点滴,我们不仅感叹早年清华大学的生活如此开放多元。比之今日大学种种,犹有胜出,值得我们对今天的大学教育好好反思。

访绍兴鲁迅故居

一转入那个地上铺着石板的小胡同，我立刻就认出了那一个从一幅木刻上久已熟悉了的门口。当年鲁迅的母亲就是在这里送她的儿子到南京去求学的。

太过熟悉，说明鲁迅在作者心中地位之重。

我怀着虔敬的心情走进了这一个简陋的大门。我随时在提醒自己：我现在踏上的不是一个平常的地方。一个伟大的人物、一个文化战线上的坚强的战士就诞生在这里，而且在这里度过了他的童年。

参观时的崇敬感。

对于这样一个人物，我从中学时代起就怀着无限的爱戴与向往。我读了他所有的作品，有的还不止一遍。有一些篇章我甚至能够背诵得出。因此，对于他这个故居我是十分熟悉的。今天虽然是第一次来到这里，我却感到我是来到一个旧游之地了。

第一次来却像是旧游之地，看似矛盾再次强调作者对鲁迅的熟悉。

房子已经十分古老，而且结构也十分复杂，不像北京的四合院那样，让人一目了然。但是我仍觉得这房子是十分可爱的。我们穿过阴暗的走廊，走过一间间的屋子。我们看到了鲁迅祖母给他讲故事的地方，看到长妈妈在上面睡成一个“大”字的大床，看到鲁迅抄写《南方草木状》用的桌子，也看到鲁迅小时候的天堂——百草园。这都是一些普普通通的东西和地方，一点也看不出有什么神奇之处。但是，我却觉得这都是极其不平常的东西和地方。这里的每

没有什么神奇却又觉得极其不平常，又是一层矛盾。

一块砖、每一寸土、桌子的每一个角、椅子的每一条腿,鲁迅都踏过、摸过、碰过。我总想多看这些东西一眼,在这些地方多流连一会儿。

鲁迅早已离开这个世界了。他生前,恐怕也很久没有到这一所房子里来过了。但是,我总觉得,他的身影就在我们身旁。我仿佛看到他在百草园里拔草捉虫,看到他同他的小朋友闰土在那里谈话游戏,看到他在父亲严厉监督之下念书写字,看到他做这做那。

这个身影当然是一个小孩子的身影。但是,就是当鲁迅还是一个小孩子的时候,他那坚毅刚强的性格已经有所表露。在他幼年读书的地方三味书屋里,我们看到了他用小刀刻在桌子上的那一个“早”字。故事是大家都熟悉的:有一天,他不知道是由于什么原因,上学迟到了,受到了老师的责问。他于是就刻了这一个字,表示以后一定要来早。以后他就果然再没有迟到过。

这是一件小事。然而,由小见大,它不是很值得我们深思自省吗?

这坚毅刚强的性格伴随了鲁迅一生。“他没有丝毫的奴颜和媚骨”。他一生顽强战斗,追求真理。“横眉冷对千夫指,俯首甘为孺子牛。”他对人民是一个态度,对敌人是完全不同的另一个态度。谁读了这样两句诗,会不深深地受到感动呢?现在我在这一间阴暗书房里看到这一个小小的“早”字,我就立刻想到他那战斗的一生。在我心目中,他仿佛成了一块铁,一块钢,一块金刚石。刀砍不断,石砸不破,火烧不熔,水浸不透。他的身影突然大了起来,凛然

熟知的小事中写出了鲁迅的坚毅刚强。

立于宇宙之间，给人带来无限的鼓舞与力量。

同刻着“早”字的那一张书桌仅有一壁之隔，就是鲁迅文章里提到的那一个小院子。他在这里读书的时候，常常偷跑到这里来寻蝉蜕，捉苍蝇。院子确实不大，大概只有两丈多长、一丈多宽，墙角上长着一株腊梅，据说还是当年鲁迅在这里读书时的那一棵。按年岁计算起来，它的年龄应该有一百八十岁了。可是样子却还是年轻得很。梗干茁壮坚挺，叶子是碧绿碧绿的。浑身上下，无限生机；看样子，它还要在这里站上一千年。在我眼中，这一株腊梅也仿佛成了鲁迅那坚毅刚强的、威武不能屈、富贵不能淫的性格的象征。我从地上拾起了一片叶子，小心地夹在我的笔记本里。

腊梅也具有了象征意味。

把树叶夹在笔记本里，回头看到一直陪我们参观的闰土的孙子在对着我笑。我不了解他这笑是什么意思。也许是笑我那样看重那一片小小的叶子；也许是笑我热得满脸出汗。不管怎样，我也对他笑了一笑。我看他那壮健的体格，看他那浑身的力量，不由得心里就愉快起来，想同他谈一谈。我问他的生活情况和工作情况，他说都很好，都很满意。我这些问题其实都是多余的。从他那满脸的笑容、全身的气度来看，他生活得十分满意，工作得十分称心，不是很清清楚楚的吗？

我因此又想到他的祖父闰土。当他隔了许多年又同鲁迅见面的时候，他不敢再承认小时候的友谊，对着鲁迅喊了一声“老爷”。这使鲁迅打了一个寒噤。他给生活的担子压得十分痛苦，但却又说不出。这又使鲁迅吃了一惊。可是他的儿子水生和鲁迅的

侄儿宏儿却非常要好。鲁迅于是大为感慨：他不愿意孩子们再像他那样辛苦辗转而生活，也不愿意他们像闰土那样辛苦麻木而生活，也不愿意他们像别人那样辛苦恣睢而生活。他们应该有新的生活。

这样的生活鲁迅没有能够亲眼看到。但是，今天这新的生活却确确实实地成为现实了。他那老朋友闰土的孙子过的就是这样的新生活，是他们所未经生活过的。按年龄计算起来，鲁迅大概没有见到过闰土的这个孙子。但这是不重要的，重要的是，鲁迅一生为天下的“孺子”而奋斗，今天他的愿望实现了。这真是天地间一大快事。如果鲁迅能够亲眼看到的话，他会多么感到欣慰啊！

鲁迅所谋求的民族独立，国家富强，在今天得以实现。

我从闰土的孙子想到闰土，从现在想到过去。今昔一比，恍若隔世。我眼前看到的虽然只是闰土的孙子的笑容；但是，在我的心里，却仿佛看到了普天下千千万万孩子们的笑容，看到了全国人民的笑容。幸福的感觉油然流遍了我的全身。我就带着这样的感觉离开了那一个我以前已经熟悉，今天又亲眼看到的门口。

参观鲁迅故居，作者更多地却是写人。在今天，对于鲁迅产生了一定的争议。他曾被推上神坛，现今似乎又要被冷处理。也许，只有我们亲自去阅读鲁迅、了解鲁迅才能知道鲁迅本来是什么样子的。

我记忆中的老舍先生

老舍先生含冤逝世已经二十多年了。在这一段相当长的时间内,我经常想到他,想到的次数远远超过我认识他以后直至他逝世的三十多年。每次想到他,我都悲从中来。我悲的是中国失去一个热爱祖国、热爱人民的正直的大作家,我自己失去一位从年龄上来看算是师辈的和蔼可亲的老友。目前,我自己已经到了晚年,我的内心再也承受不住这一份悲痛,我也不愿意把它带着离开人间。我知道,原始人是颇为相信文字的神秘力量的,我从来没有这样相信过。但是,我现在宁愿做一个原始人,把我的悲痛和怀念转变成文字,也许这悲痛就能突然消逝掉,还我心灵的宁静,岂不是天大的好事吗?

二十年来忆及老舍先生依旧悲从中来,可见作者对老舍先生情感之深。长歌当哭,作者要用文字来抚平自己内心的不平。

我从高中时代起,就读老舍先生的著作,什么《老张的哲学》、《赵子曰》、《二马》,我都读过。到了大学以后,以及离开大学以后,只要他有新作出版,我一定先睹为快,什么《离婚》、《骆驼祥子》等等,我都认真读过。最初,由于水平的限制,他的著作我不敢说全都理解。可是我总觉得,他同别的作家不一样。他的语言生动幽默,是地道的北京话,间或也夹上一点山东俗语。他没有许多作家那种忸怩作态让人读了感到浑身难受的非常别扭的文体,一种新鲜活泼的力量跳动在字里行间。他的幽默也同林语堂

读老舍的作品,从文到人。

之流的那种着意为之的幽默不同。总之,老舍先生成了我毕生最喜爱的作家之一,我对他怀有崇高的敬意。

但是,我认识老舍先生却完全出于一个偶然的机会。30年代初,我离开了高中,到清华大学来念书。当时老舍先生正在济南齐鲁大学教书。济南是我的老家,每年暑假我都回去。李长之是济南人,他是我的唯一的一个小学、中学、大学“三连贯”的同学。有一年暑假,他告诉我,他要在家里请老舍先生吃饭,要我作陪。在旧社会,大学教授架子一般都非常大,他们与大学生之间宛然是两个阶级。要我陪大学教授吃饭,我真有点受宠若惊。及至见到老舍先生,他却全然不是我心目中的那种大学教授。他谈吐自然,蔼然可亲,一点架子也没有,特别是他那一口地道的京腔,铿锵有致,听他说话,简直就像是听音乐,是一种享受。从那以后,我们就算是认识了。

第一次见面,老舍蔼然可亲。作者突出老舍的京腔,形象跃然纸上。

以后是激烈动荡的几十年。我在大学毕业以后,在济南高中教了一年国文,就到欧洲去了,一住就是11年。中国胜利了,我才回来,在南京住了一个暑假。夜里睡在国立编译馆长之的办公桌上;白天没有地方待,就到处云游,什么台城、玄武湖、莫愁湖等等,我游了一个遍。老舍先生好像同国立编译馆有什么联系。我常从长之口中听到他的名字。但是没有见过面。到了秋天,我也就离开了南京,乘海船绕道秦皇岛,来到北平。

以后又是更为激烈震荡的三年。用美式装备武装到牙齿的国民党反动军队,被彻底消灭。蒋介石一小撮逃到台湾去了。中国人民苦斗了一百多年，终于迎来了解放的春天。我们这一群知识分子都亲身感受到，我们确实已经站起来了。就在这样的情况下，我在当时所谓故都又会见了老舍先生，上距第一次见面已经有二十多年了。

颠沛动荡中与老舍二十年未见。

我现在已经记不清楚我们重逢时的情景。但是我却清晰地记得起50年代初期召开的一次汉语规范化会议时的情景。当时语言学界的知名人士，以及曲艺界的名人，都被邀请参加，其中有侯宝林、马增芬姊妹等等。老舍先生、叶圣陶先生、罗常培先生、吕叔湘先生、黎锦熙先生等等都参加了。这是解放后语言学界的第一次盛会。当时还没有达到会议成灾的程度，因此大家的兴致都很高，会上的气氛也十分亲切融洽。

有一天中午，老舍先生忽然建议，要请大家吃一顿地道的北京饭。大家都知道，老舍先生是地道的北京人，他讲的地道的北京饭一定会是非常地道的，都欣然答应。老舍先生对北京人民生活之熟悉，是众所周知的。有人戏称他为“北京土地爷”。他结交的朋友，三教九流都有。他能一个人坐在大酒缸旁，同洋车夫、旧警察等旧社会的“下等人”，开怀畅饮，亲密无间，宛如亲朋旧友，谁也感觉不到他是大作家、名教授、留洋的学士。能做到这一步的，并世作家中没有第二人。这样一位老北京想请大家吃北京饭，大家的兴致哪能不高涨起来呢？商议的结果是到西四砂锅居去吃白煮肉，当然是老舍先生做东。他同饭馆的经理一直到小伙计都是好朋友，因此饭菜极佳，服务周到。大家尽兴地饱餐了一顿。虽然是一

写老舍请吃饭。突出老舍先生人缘之好。

本文作于1987年10月。此时叶圣陶、吕叔湘先生仍健在。

顿简单的饭,然而却令人毕生难忘。当时参加宴会今天还健在的叶老、吕先生大概还都记得这一顿饭吧。

还有一件小事,也必须在这里提一提。忘记了是哪一年了,反正我还住在城里翠花胡同没有搬出城外。有一天,我到东安市场北门对门的一家著名的理发馆里去理发,猛然瞥见老舍先生也在那里,正躺在椅子上,下巴上白糊糊的一团肥皂泡沫,正让理发师刮脸。这不是谈话的好时机,只寒暄了几句,就什么也不说了。等我坐在椅子上时,从镜子里看到他跟我打招呼,告别,看到他的身影走出门去。我理完发要付钱时,理发师说:老舍先生已经替我付过了。这样芝麻绿豆的小事殊不足以见老舍先生的精神,但是,难道也不足以见他这种细心体贴人的心情吗?

老舍为我付理发钱。

老舍先生的道德文章,光如日月,巍如山斗,用不着我来细加评论,我也没有那个能力。我现在写的都是一些小事。然而小中见大,于琐细中见精神,于平凡中见伟大,豹窥一斑,鼎尝一脔,不也能反映出老舍先生整个人格的一个缩影吗?

伟大的人格往往在小事中体现出来。

中国有一句俗话:“好死不如赖活着。”这一句话道出了一个真理。一个人除非万不得已决不会自己抛掉自己的生命。印度梵文中“死”这个动词,变化形式同被动态一样。我一直觉得非常有趣,非常有意思。印度古代语法学家深通人情,才创造出这样一个形式。死几乎都是被动的。有几个人主动地去死呢?老舍先生走上自沉这一条道路,必有其不得已之处。有人说,人在临死前总会想到许多许多东

作者分析老舍先生自沉前的心理,令人伤感。这样伟大的人物却过早结束了自己的生命,是民族的损失,也是当时时代最黑暗的一面。

西的，他会想到自己的一生的。可惜我还没有这个经验，只能在这里胡思乱想。当老舍先生徘徊在湖水岸边决心自沉时，眼望湖水茫茫，心里悲愤填膺，唤天天不应，唤地地不答，悠悠天地，仿佛只剩下自己孤身一人，他会想到自己的一生吧！这一生是忠诚于祖国、忠诚于人民的一生，然而到头来却落到这等地步。为什么呢？究竟是为什么呢？如果自己留在美国不回来，著书立说，优游自在，洋房、汽车、声名禄利，无一缺少，舒舒服服地过一辈子，说不定能寿登耄耋，富埒王侯。他不是为了热爱自己的祖国母亲，才毅然历尽艰辛回来的吗？是今天祖国母亲无法庇护自己那远方归来的游子了呢？还是不愿意庇护了呢？我猜想，老舍先生决不会埋怨自己的祖国母亲，祖国母亲永远是可爱的，在任何情况下都是可爱的。他也决不会后悔回来的。但是，他确实有一些问题难以理解，他只有横下一条心，一死了之。这样的问题。我们今天又有谁能够理解呢？我想，老舍先生还会想到自己院子里种的柿子树和菊花。他当然也会想到自己的亲人，想到自己的朋友。所有这一些都是十分美好可爱的。对于这一些难道他就一点也不留恋吗？绝不会的，绝不会的。但是，有一种东西梗在他的心中，像大毒蛇缠住了他，他只能纵身一跳，投入波心，让弥漫的湖水给自己带来解脱了。

两千多年以前，屈原自沉于汨罗江，他行吟泽畔，心里想的恐怕同老舍先生有类似之处吧。他想到："蝉翼为重，千钧为轻；黄钟毁弃，瓦釜雷鸣。"他又想到："世人皆浊我独清，众人皆醉我独醒。"难道

时代的乖谬，人世的悲哀。作者再次写到老舍的京腔，悲伤无以复加。

老舍先生也这样想过吗？这样的问题，有谁能够答复我呢？恐怕到了地球末日也没有人能答复了。我在泪眼模糊中，看到老舍先生戴着眼镜，在和蔼地对我笑着；我耳朵里仿佛听到了他那铿锵有节奏的北京话。我浑身颤抖，连灵魂也在剧烈地震动。呜呼！我欲无言。

回忆梁实秋先生

我认识梁实秋先生，同他来往，前后也不过两三年，时间是很短的。但是，他留给我的回忆却是很长很长的。分别之后，到现在已经40年了。我仍然时常想到他。

往来时间很短，回忆却很长。四十年过去了，还会想到梁实秋先生，一方面可见作者对梁实秋先生感怀之深，另一方面作者也是重情之人。

1946年夏天，我在离开了祖国十一年之后，受尽了千辛万苦，又回到了祖国怀抱，到了南京。当时刚刚打败了日本侵略者，国民党的“劫收”大员正在全国满天飞，搜刮金银财宝，兴高采烈。我这一介书生，“无条无理”，手里没有几个钱，北京大学还没有开学，拿不到工资，住不起旅馆，只好借住在我小学同学李长之在国立编译馆的办公室内。他们白天办公，我就出去游荡，晚上回来，睡在办公桌上。早晨一起床，赶快离开。国立编译馆地处台城下面，我多半在台城上云游。什么鸡鸣寺、胭脂井，我几乎天天都到。再走远一点，出城就到了玄武湖。山光水色，风物怡人。但是我并没有多少闲情逸致，观赏风景。我的处境颇像旧戏中的秦琼，我心里琢磨的是怎样卖掉黄骠马。

写自己暂时的潦倒。

我这样天天游荡，梦想有朝一日自己能安定下来，有一间房子，有一张书桌。别的奢望，一点没有。我在台城上面看到郁郁葱葱的古柳，心头不由地涌出了古人的诗：

江雨霏霏江草齐，六朝如梦鸟空啼。
无情最是台城柳，依旧烟笼十里堤。

这里讲的仅仅是六朝。从六朝到现在，又不知道有多少朝多少代过去了。古柳依然是葱茏繁茂，改朝换代并没有影响了它们的情绪。今天我站在古柳面前，一点也没有觉得它们"无情"，我觉得它们有情得很。我天天在六月的炎阳下奔波游荡，只有在台城古柳的浓荫下才能获得片刻的清凉，让我能够坐下来稍憩一会儿。我难道不该感激这些古柳而还说三道四吗？

韦庄写台城柳无情，作者写台城柳有情，乃是基于作者生活潦倒，故有此感慨。

又过了一些时候，有一天长之告诉我，梁实秋先生全家从重庆复员回到南京了。梁先生也在国立编译馆工作。我听了喜出望外。我不认识梁先生，论资排辈，他大我十几岁，应该算是我的老师。他的文章我在清华大学读书时就读过不少，很欣赏他的文才，对他潜怀崇敬之情。万万没有想到竟在南京能够见到他。见面之后，立刻对他的人品和谈吐十分倾倒。没有经过什么繁文缛节，我们成了朋友。我记得，他曾在一家大饭店里宴请过我。梁夫人和三个孩子：文茜、文蔷、文骐，都见到了。那天饭菜十分精美，交谈更是异常愉快，给我留下了深刻的印象，至今忆念难忘。我自谓尚非馋嘴之辈，可为什么独独对酒宴记得这样清楚呢？难道自己也属于饕餮大王之列吗？这真叫作没有法子。

对这顿饭印象深刻，恐怕还是感慨梁实秋先生对"我"这个暂时潦倒的晚生后辈有如此待遇吧。这才明白，前面为什么那么多笔墨写作者南京城游荡，都是为了此处突出梁先生对人没有芥蒂，一视同仁。

解放前夕，实秋先生离开了北平，到了台湾，文茜和文骐留下没有走。在那极左的时代，有人把这一件事看得大得不得了。现在看来，也没有什么了不起的。一个人相信马克思主义,这当然很好,这说明他进步。一个人不相信,或者暂时不相信,他也完全有自由,这也绝非反革命。我自己过去不是也不相信马克思主义吗?从来就没有哪一个人一生下就是马克思主义者,连马克思本人也不是,遑论他人。我们今天知人论事,要抱实事求是的态度。

至于说梁实秋同鲁迅有过一些争论,这是事实。是非曲直,暂作别论。我们今天反对对任何人搞“凡是”,对鲁迅也不例外。鲁迅是一个伟大人物,这谁也否认不掉。但不能说凡是鲁迅说的都是正确的。今天,事实已经证明,鲁迅也有一些话是不正确的,是形而上学的,是有偏见的。难道因为他对梁实秋有过批评意见,梁实秋这个人就应该永远打入十八层地狱吗?

实秋先生活到耄耋之年。他的学术文章,功在人民,海峡两岸,有目共睹,谁也不会有什么异辞。我想特别提出一点来说一说。他到了老年,同胡适先生一样,并没有留恋异国,而是回到台湾定居。这充分说明,他是热爱我们祖国大地的。至于他的为人毫无架子,像对我和李长之这样年轻一代的人,竟也平等对待,态度真诚和蔼,更令人难忘。这种作风,即使不是绝无仅有,也总算是难能可贵。对我们今天已经成为前辈的人,不是很有教育意义吗?

去年,他的女儿文茜和文蔷奉父命专门来看我。我非常感动,知道他还没有忘掉我。这勾引起我回忆往事。回忆虽然如云如烟,但是感情却是非常真实的。我原期望还能在大陆见他一面,不意他竟尔仙逝。我非常悲痛,想写点什么,终未果。去年,他

历史上,我们对梁实秋有过不公正的对待,作者讲了公道话。对于信仰要实事求是地看,不能因为梁实秋和鲁迅有争论就全盘否定,梁实秋的学术文章是有功劳的,他是爱国的,这些分析都有助于我们正确认识梁实秋。

本文作于1989年3月;“去年”当是1988年。

梁实秋是文学大家。但在文学史上,我们很长时间对他避而

不谈,或者持批判态度。但通过作者的回忆,我们看到了梁实秋先生的道德文章,这实在是一个值得我们去阅读,去表达敬意的大师。

的夫人从台湾来北京举行追思会。我正在南京开会,没能亲临参加,只能眼望台城,临风凭吊。我对他的回忆将永远保留在我的心中,直至我不能回忆为止。我的这一篇短文,他当然无法看到了。但是,我仿佛觉得,而且痴情希望,他能看到。四十年音问未通,这是仅有的一次也是最后一次通音问了。悲夫!

悼念沈从文先生

去年有一天，老友肖离打电话告诉我，从文先生病危，已经准备好了后事。我听了大吃一惊，悲从中来，一时心血来潮，提笔写了一篇悼念文章，自诩为倚马可待，情文并茂。然而，过了几天，肖离又告诉我说，从文先生已经脱险回家。我心里一块石头落了地，又窃笑自己太性急，人还没去，就写悼文，实在非常可笑。我把那一篇“杰作”往旁边一丢，从心头抹去了那一件事，稿子也沉入书山稿海之中，从此“云深不知处”了。

本文作于1988年11月，“去年”当是1987年。

到了今年，从文先生真正去世了。我本应该写点什么的。可是，由于有了上述一段公案，懒于动笔，一直拖到今天。同时我注意到，像沈先生这样一个人，悼念文章竟如此之少，有点不太正常，我也有点不解，考虑再三，还是自己披挂上阵吧。

如果说沈先生尚未离世，作者就已写悼文，此事可笑的话；那么从文先生真的去世了，却很少悼文，才让作者感到不解。

我认识沈先生已经五十多年了。当我还是一个大学生的时候，我就喜欢读他的作品。我觉得，在所有的并世的作家中，文章有独立风格的人并不多见。除了鲁迅先生之外，就是从文先生。他的作品，只要读上几行，立刻就能辨认出来，决不含糊。他出身湘西的一个破落小官僚家庭，年轻时当过兵，没有受过多少正规的教育。他完全是自学成家。湘西那一片有点神秘的土地，其怪异的风土人情，通过沈先生的

写湘西和沈从文的关系，突出了沈从文的地位。

笔而大白于天下。湘西如果没有像沈先生这样的大作家和像黄永玉先生这样的大画家,恐怕一直到今天还是一片充满了神秘的 terra incognita(没有人了解的土地)。

我同沈先生打交道,是通过一件不大不小的事情,丁玲的《母亲》出版以后,我读了觉得有一些意见要说,于是写了一篇书评,刊登在郑振铎、靳以主编的《文学季刊》创刊号上。刊出以后,我听说,沈先生有一些意见。我于是立即写了一封信给他,同时请求郑先生在《文学季刊》创刊号再版时,把我那一篇书评抽掉,也许就是由于这一个不能算是太愉快的因缘,我们就认识了。我当时是一个穷学生,沈先生是著名的作家。社会地位,虽不能说如云泥之隔,毕竟差一大截子。可是他一点名作家的架了也不摆,这使我非常感动。他同张兆和女士结婚,在北京前门外大栅栏撷英番菜馆设盛大宴席,我居然也被邀请。当时出席的名流如云。证婚人好像是胡适之先生。

动荡乱世中仍能想起接触不多的沈从文,正是基于沈从文的可爱、可敬、淳朴、奇特的个性与人格。

从那以后,有很长的时间,我们并没有多少接触。我到欧洲去了将近十一年。他在抗日烽火中在昆明住了很久,在西南联大任国文系教授。彼此音问断绝。他的作品我也读不到了。但是,有时候,不知是出于什么原因,我在饥肠辘辘、机声嗡嗡中,竟会想到他。我还是非常怀念这一位可爱、可敬、淳朴、奇特的作家的。

一直到 1946 年夏天,我回到祖国。这一年的深秋,我终于又回到了别离了十几年的北平。从文先生也于此时从云南复员来到北大,我们同在一个学校任职。当时我住在翠花胡同,他住在中老胡同,都离学校不远,因此我们也相距很近。见面的次数就多了起来。他曾请我吃过一顿相当别致、终生难忘的饭,云南有名的汽锅鸡。锅是他从昆明带回来的,外表看上去像宜兴紫砂,上面雕刻着花卉书法,古色古香,虽系厨房用品,然却古朴高雅,简直可以成为案头清供,与商鼎周彝斗艳争辉。

就在这一次吃饭时,有一件小事给我留下了深刻的印象。当时要解开一个用麻绳捆得紧紧的什么东西。只需用剪子或小刀轻轻地一剪一割,就能弄开。然而从文先生却抢了过去,硬是用牙把麻绳咬断,这一个小小的举动,有点粗劲,有点蛮劲,有点野劲,有点土劲,并不高雅,并不优美。然而,它却完全透露了沈先生的个性。在达官贵人、高等华人眼中,这简直非常可笑,非常可鄙。可是,我欣赏的却正是这一种劲头。我自己也许就是这样一个"土包子",虽然同那一些只会吃西餐、穿西装、半句洋话也不会讲偏又自认为是"洋包子"的人比起来,我并不觉得低他们一等。不是有一些人也认为沈先生是"土包子"吗?

沈从文一直自诩乡下人,也许这正是其本色吧。

还有一件小事,也使我忆念难忘。有一次我们到什么地方去游逛,可能就是中山公园之类。我们要了一壶茶。我正要拿起壶来倒茶,沈先生连忙抢了过去,先斟出了一杯,又倒入壶中,说只有这样才能把茶味调得均匀。这当然是一件微不足道的小事,然而在琐细中不是更能看到沈先生的精神了吗?

小事过后,来了一件大事:我们共同经历了北平的解放。在这个关键时刻,我并没有听说,从文先

生有逃跑的打算。他的心情也是激动的，虽然他并不故作革命状，以达到某种目的，他仍然是朴素如常。可是恶运还是降临到他头上来。一个著名的马列主义文艺理论家，在香港出版的一个进步的文艺刊物上，发表了一篇长文，题目大概是什么《文坛一瞥》之类，前面有一段相当长的修饰语。这一位理论家视觉似乎特别发达，他在文坛上看出了许多颜色。他“一瞥”之下，就把沈先生“瞥”成了粉红色的小生。我没有资格对这一篇文章发表意见。但是，沈先生好像是当头挨了一捧，从此被“瞥”下了文坛，销声匿迹，再也不写小说了。

一个惯于舞笔弄墨的人，一旦被剥夺了写作的权利，他心里是什么滋味，我说不清；他有什么苦恼，我也说不清。然而，沈先生并没有因此而消沉下去。文学作品不能写，还可以干别的事嘛。他是一个精力旺盛的人，他是一个闲不住的人，他转而研究起中国古代的文物来，什么古纸、古代刺绣、古代衣饰等等，他都研究，凭了他那一股惊人的钻研的能力，过了没有多久，他就在新开发的领域内取得了可喜的成绩。他那一本讲中国服饰史的书，出版以后，洛阳纸贵，受到国内外一致的高度的赞扬。他成了这方面权威。他自己也写章草，又成了一个书法家。

> 因为历史原因，沈从文一直受到不公平的对待，长期被批判。他甚至为此封笔，文坛从此少了一个优秀作家。但是转而在学术领域，沈从文在中国古代文化研究上面成了大家，尤其是对于服饰史的研究。我们是该感到不幸呢，还是要感到幸运呢？

有点讽刺意味的是，正当他手中的写小说的笔被“瞥”掉的时候，从国外沸沸扬扬传来了消息，说国外一些人士想推选他做诺贝尔文学奖金的候选人。我在这里着重声明一句，我们国内有一些人特别迷信诺贝尔奖金，迷信的劲头，非常可笑。试拿我们中国没有得奖的那几位文学巨匠同已经得奖的欧美的一些作家来比一比，其差距简直有如高山与小丘。同此辈争一日之长，有这个必要吗！推选沈先生当候选人的事是否进行过，我不得而知。沈先生怎样想，我也不得而知。我在这里提起这一件事，只不过把它当作沈先生一生中一个小小的插曲而已。

我曾在几篇文章中都讲到，我有一个很大的缺点（优点？），我不喜欢拜访人。有很多可尊敬的师友，比如我的老师朱光潜先生、董秋芳先生等等，我对他们非常敬佩，但在他们健在时，我很少去拜访。对沈先生也一样。偶尔在什么会上，甚至在公共汽车上相遇，我感到非常亲切，他好像也有同样的感情。他依然是那样温良、淳朴，时代的风风雨雨在他身上，似乎没有留下什么痕迹，说白了就是没有留下伤痕。一谈到中国古代科技、艺术等等，他就喜形于色，眉飞色舞，娓娓而谈，如数家珍，天真得像一个大孩子。这更增加了我对他的敬意。我心里曾几次动过念头：去看一看这一位可爱的老人吧！然而，我始终没有行动。现在人天隔绝，想见面再也不可能了。

季老也有自身的感慨在其中：长期受"拜访"干扰，有着迫不得已的苦衷，故而一写，抒发胸怀。

有生必有死，是大自然的规律。我知道，这个规律是违抗不得的，我也从来没有想去违抗。古代许多圣君贤相，聪明一世，糊涂一时，想方设法，去与这个规律对抗，妄想什么长生不老，结果却事与愿违，空留了一场笑话。这一点我很清楚。但是，生离死别，我又不能无动于衷。古人云：太上忘情。我是一个微不足道的凡人，无论如何也做不到忘情的地步，只有把自己钉在感情的十字架上了。我自谓身体尚颇硬朗，并不服老。然而，曾几何时，宛如黄粱一梦，自己已接近耄耋之年。许多可敬可爱的师友相继离

人生暮年，看到昔日师友相继离世，最是人世不堪之事。作者用笔墨表达自己的凄凉悲伤，最是深情之人。

我而去。此情此景,焉能忘情?现在从文先生也加入了去者的行列。他一生安贫乐道,淡泊宁静,死而无憾矣。对我来说,忧思印象实难以排遣。像他这样一个有特殊风格的人,现在很难找到了。我只觉得大地茫茫,顿生凄凉之感。我没有别的本领,只能把自己的忧思从心头移到纸上,如此而已。

图书在版编目(CIP)数据

清塘荷韵/季羡林著;毕伟玉,阮凯丰编注.—
上海：东方出版中心，2016.9（2021.1重印）
（著名中学师生推荐书系）
ISBN 978-7-5473-1005-2

Ⅰ.①清… Ⅱ.①季… ②毕… ③阮… Ⅲ.①散文集-中国-当代 Ⅳ.①I267

中国版本图书馆 CIP 数据核字(2016)第 200831 号

清塘荷韵

出版发行：东方出版中心
地　　址：上海市仙霞路 345 号
电　　话：(021)62417400
邮政编码：200336
经　　销：全国新华书店
印　　刷：昆山市亭林印刷有限责任公司
开　　本：890×1240 毫米　1/32
字　　数：194 千字
印　　张：7　插页 2
版　　次：2016年9月第1版　2021年1月第6次印刷
ISBN 978-7-5473-1005-2
定　　价：24.00 元

东方出版中心邮购部　电话：(021)52069798